紙醉金迷

之此間樂

人為財死，鳥為食亡

滾贏了，樓上樓，滾輸了，狗舔油

她丈夫坐了牢，她像沒事一樣，
打扮得花蝴蝶子似的，東遊西蕩，那就是個狠心人。

張恨水 著

目錄

目錄

第一回　忙亂了一整天

何經理對於劉主任的報告，怔怔地聽著，心裡立刻轉了幾個念頭，這種環境，應當怎樣去應付？先看了看牆上的掛鐘，然後又看了看手腕上的手錶，站在桌子旁邊，斜靠著，提起一隻腳來，連連的顛動了幾下。於是坐在沙發椅子上，架起腿來，擦了火柴吸紙菸。將頭靠住了沙發椅靠，只是昂起頭來，向空中噴著煙。

劉以存站在屋子中間，要問經理的話，是有點不敢。不問的話，自己背著的那份職務，又當怎樣挨過去？站在屋子裡，向身後看看，又向牆上的掛鐘看看。那鐘擺咯吱咯吱響著，打破這屋子裡的沉寂，何育仁突然站了起來，將手一揮道：「把支票兌給他吧。混一截，過一截。好在上午只有一點多鐘，再混一下，就把上午混過去了。」

劉以存看看他那樣子，大有破甑不顧之意，門市上那兩位拿支票兌現的人，事實上也不能久等。於是點了個頭，就拿著支票出去了。何育仁坐在沙發上，只管昂了頭吸紙菸，吸完了一支，又重新點上一支，吸得沒有個休歇。

石泰安由外面走了進來，遠遠地看到他那樣子，就知道他是滿腹的心事，隨便地在旁邊沙發上坐下，搭訕著吸了紙菸，從容道地：「大概這上午沒有什麼問題了吧？經理是不是要出去在同業那裡兜個圈子？行裡的事，交給我得了。我私人手上還可以拉扯二三百萬元現鈔。萬一……」

何經理突然地跳了起來，因向他笑道：「你既然有二三百萬元現鈔，為什麼不早對我說？有這個數目，我們這一上午，足可以過去了。你在行裡坐鎮吧，我出去兜個圈子去。」說著，他立刻就拿起衣架上的帽子向頭上戴著。石泰安道：「還沒有叫老王預備車子呢。」他將手按了一按頭上的帽子，說聲不用，就走了出去了。當然，他也就忘記了范寶華那個電話的約會。

到了十一點多鐘，范寶華又來了。他這回是理直氣壯，更不用得在櫃上打什麼招呼，徑直地就走到經理室裡來。他見是副理坐在這裡，並不坐下，首先就笑道：「這算完了，何經理並不在行裡。」石泰安立刻走向前和他握著手，因道：「范先生說的是那張支票的話嗎？你拿著支票，隨時可到銀行裡兌現，管什麼經理在家不在家呢。不過在這情形之下，我們講的是交情，你老哥也極講交情，所以二次到行裡來，就不到前面營業部去兌現了，而先到這裡來看何經理。先吸一支菸吧。何經理正是出去抓頭寸去了，也許一會兒工夫他就回來了。」說著，他笑嘻嘻的敬著紙菸，口裡還是連連地說請坐請坐。

范寶華倒是坦然地吸著菸，架了腿坐在沙發上。噴著煙微笑道：「若說顧全交情，我是真能顧全交情的，上次拚命湊出幾百萬元，交給何經理替我作黃金儲蓄，不想他老先生給我要一個金蟬脫殼，他向成都一溜，其實也許是去游了一趟南北溫泉。等到我來拿黃金儲蓄券的時候，貴行的人全不接頭……」石泰安不等他說完，立刻由座位上站起來，向他抱著拳頭，連連地拱了兩個揖，笑道：「這件事真是抱歉之至。何經理他少交代一句，閣下的款子，存在敝行，我們沒有去辦理。下次……」

范寶華將頭枕在沙發靠背上，連連地搖擺了幾下，而口裡還噴著煙呢。石副理哈哈笑道：「這糟糕，范先生竟是不信任我們。不要那樣，我們還得合作，就在敝行吃了午飯去吧，我去吩咐一聲。」說著，他表示著請客的誠意，走出經理室去了。范寶華正是要說著，何必還須副理親自去吩咐？然而容不得他說出這句話，石泰安已是出經理室走遠了。他這番殷勤招待，倒不是偶然，出去了約莫是十來分鐘，他方走回來。

進門的時候，他強笑了一笑，那笑的姿態，極不自然，將兩個嘴角極力的向上翹著，范寶華看看他兩道眉峰還連接到一處，心裡也就暗想著：大概前面營業部又來了幾張巨額支票吧？正是這樣想著，卻聽到屋子外面一陣銅鈴響過。因問道：「這是……」石泰安對於這鈴聲，竟是感到極大的興趣，立刻兩眉舒張，笑嘻嘻地說出來三個字：「下班了！」

范寶華將西服小口袋裡的掛表取出來看看，還只有十一點四十五分。因把掛表握在手掌心裡，掂了幾掂，看著笑道：「你貴行什麼時候下班？」石泰安微笑道：「當然都是十二點。」范寶華道：「還差十幾分鐘呀。不過你們既下了班了，當然我也只有下午再說。賞飯吃恕不叨擾，我想下午一點到四點，那照樣是不好對付的，你也得出去抓抓頭寸呀！」他說著，倒並不怕人聽到，哈哈大笑地走出去了。

石泰安對於他這個態度，心裡實在難受，可是一想到人家手上握有一張八百萬元的支票，這就先膽軟了一半，可能到了下午一點鐘銀行開門，他又來了，於是坐在經理室裡，也沒有敢出去。趁著這營業休息的空當，就調齊了帳目，仔細地盤查一遍。

費了半小時的工夫，整個帳目是看出來了，除了凍結的資金，虧數二億二千萬。今天上午開出去給同業的支票，和同業開來的支票，兩面核對起來也短得很多，今日上午的情形，那還是未知數呢。他坐在寫字椅子上，口銜了紙菸，對著面前那一大堆表冊，未免發愁。

正是出著神呢，桌機的電話鈴響，茶房正進來加開水，接過電話機的聽筒，說了兩句話，便向石副理報告道，中央交換科請石副理說話。他一聽到交換科這個名稱心房立刻亂跳了一陣，便接過電話聽筒來，先向話機點了個頭，笑道：「我是石泰安呀。哦！張科長。是的，何經理出去了。短多少寸頭？兩千多萬。是是，這是我們一時疏忽，上午請張科長維持維持，下午我們補上……停止交換？那太嚴重了，何至於到這個階段？……是是，務必請張科長維持維持。兩千多萬，並沒有多大的困難，可是我們的帳目是平衡的。」

他說著話時，身子隨了顫動著，頭向下彎曲，在用最大的努力，以便將這帳目平衡的四個字，送到對方的耳朵裡去。接著，他又說：「請放心，下午我們就把頭寸調齊了，無論如何，這一點忙，是要……」他右手拿著聽筒，左手在桌子上拍了一下，因道：「不能那樣辦。」但是他這種拍著，那是無用的，那邊已經是把電話掛上了。

石泰安將聽筒很重地向話機上一放，嘎咤地響著。於是坐在寫字椅子上，兩手環抱在胸前，只管對桌面前擺的帳目發呆，茶房進屋子來催請他去吃飯有三遍之多，他才是慢慢地走去。在飯廳桌上，幾位同席的高級職員，臉上都帶了一分沉重的顏色，不像平常吃飯有說有笑。石副理是首先一個放筷子，向坐在旁邊的金襄理，點了個頭道：「吃過飯我們談談罷。經理出去了兩小時了，還沒有電話回來。」說著，他就在懷裡摸出手錶來看了一看，因慘笑著道：「還有十五分鐘，該開門了。」

金襄理到了這時，也不是看桌上金磚那樣的笑容滿面，垂了眼皮，不敢抬眼看桌上同事的臉色。那劉以存坐在裏、副理側面，捧著飯碗，只管將筷子挑剔飯裡的稗子。他們銀行職員吃的飯，當然是上等白米，這裡面是不會有穀子稗子的。他低了頭向碗裡看著，筷子頭只是在白飯裡撥來撥去。

石副理倒並沒有離開座，向他問道：「以存的意思是怎麼樣？」他還是捧著碗筷作個挑稗子的姿勢，因道：「我在同業方面打過幾回電話，探問消息。看那樣子，各家都是很緊的。不知道經理現時在什麼地方，最好和他取得聯絡。」石泰安道：「我出去一趟罷。」說著，他看了在座人的臉色，就嘆了口氣道：「照著我的作風，我是要穩紮穩打的，可是何經理一定看上了黃金，我也挽回不了這場大局。」

在桌上吃飯的人，大家已是把筷子碗放下來了，各各把手放在懷裡，靜靜地望了桌上的殘湯剩汁。石泰安突然地站了起來，向金煥然道：「我看，我還是出去打聽打聽消息吧？煥然，你就在行裡頂一下子罷。」這句話可把金襄理急了，立刻站了起來，兩手亂搖著道：「不行不行，我頂不了，我頂不了！」石泰安站著怔了一怔。金煥然道：「我看，還是我出去罷。經理在什麼地方，我知道，我把他找了回來，讓他來頂罷。」

石泰安站在原來坐的地方，站著有五分鐘之久，說不出話來。金煥然笑道：「我自認是不如石副理有手法，這三關還是請大將來把守罷。」說著，他也不徵求對方的同意，立刻就走開了。

石副理也看著金煥然是不能在行裡頂住的，只是怔怔地看著他走了。劉以存倒覺得今天這情形之下，全露出了資本家的原形，這很和銀行丟面子，便笑向他道：「沒有多大問題。我們各方面活動，總還可以調到兩三千萬的現鈔，應付小額支票兌現，那還有什麼問題。數目大的，我們和他打官腔，照著財政部的定規，開支票給他。」石泰安哈哈一笑，向他望著，又點了兩點頭，因道：「這個辦法，我都不會想到，我還當副理呢。你得想想，你開了本票出去，人家立刻向別家銀行一送，今天晚上，本票全到了交換科，查出了我們的本票，全是空頭，我們明天早上還開門不開門？若是要開門，明天中央銀行宣布停止交換，信用全失，那就預備擠兌和倒閉罷。」

劉以存道：「這一層我當然是顧慮到了的，但是我們在這一下午的奔波，三五千萬的頭寸，總可以調得到。」石泰安對於他這個解釋，倒沒有加以可否，無精打采地，走回經理室去。

時間實在是過得太快，他在寫字椅子上坐下，抬頭一看那牆上掛的大鐘，已是一點十五分了。雖不知道大門是否已經敞開，可是過了十五分鐘，還不開門營業的話，這問題就太嚴重了。此話當然不便去問茶房，只有拿出紙菸盒來，繼續地取著菸來吸。

約莫是半小時，桌機上電話鈴響了。拿起聽筒一聽，卻是何育仁的聲音，不由得發了驚奇的聲音道：「是經理？現時在哪裡呢？哦！頭寸都已經調齊了，那好極了！什麼？兩點鐘以前，還不行？那麼，可以放手開本票出去，好吧。」他聽到何經理所定的最後一個決策，還是開本票暫救目前。便坐下去自言自語的道：「既是負責人都如此辦理，落得和他放手去做。」於是也就安坐在經理室裡苦挨鐘點。

果然，一切的路子，都是照著劉以存的想頭進行的，馬上他就拿了三張本票進來，請副理代經理蓋章。他接過來看時，有五十萬的，有八十萬的，有一百二十萬的。就在他看數目字的時候，劉以存站在桌子旁邊，向他低聲道：「經理來了電話，說是我們可以放手開本票。」石泰安很從容道地：「我也接到電話了，就是這樣辦吧。」他說著，就拿起圖章在本票上連串地蓋著。

就自這時起，直到兩點半鐘止，已開出去三十多張本票，共達四千多萬元。石泰安也存了個破甑不顧的念頭，前面營業櫃上送來本票，他只看看數目，就蓋個章，立刻發了出去。何經理雖然沒有電話回來，他也不問。

到了下午三點一刻了，何經理左手拿著帽子，右手捏了一條大手絹，只管在額頭上擦汗，而擦汗的時候，還同時搖著頭。石泰安雖知道他很窘，但居然忙著回來了，一定有點辦法，可是他只管搖著頭，又多少有些問題。便迎上前笑道：「行裡截至現在為止，還算風平浪靜，都讓本票抵擋過去了。不過……」

何育仁將手上的帽子遙遠地向衣掛鉤上一丟，然後苦笑道：「不過晚上交換的這一關不好過。但那不要緊，我已經和幾家同業接好了頭，今天下午，準讓五六千萬頭寸給我們。大概一會兒工夫就有電話來。」他說是這樣的說了，坐到經理位子上，身上仰著靠椅子背上，昂了頭望著天花板。他也不看人，淡淡地問道：「我們開出去了多少本票？」石泰安道：「四千多萬。」他又問：「上午交換，我們差多少頭寸？」他答：「不到兩千多萬，就算是兩千萬吧！」

何育仁向樓板仰望著，口裡唸唸有詞，五百萬，八百萬，一千二百萬，只管唸著數目字，最後他突然地高聲道：「不要緊，只差一千多萬。」他說完了，立刻坐正過來，手裡拿了桌機聽筒，撥著自動號碼，電機轉著吱嘎吱嘎地響。他對了話筒說：「喂！我育仁呀。藹如兄，你答應我的三千萬，怎麼樣？喂喂！老兄，這個不能開玩笑的。只分一半也好，可是請你務必把我們的本票保留一天，好好！一切不成問題，照辦。」說畢，將電話聽筒按上兩下，自動號碼，又是嘎吱地響起。他手握電話聽筒，口裡總是這一套，二千萬，三千萬，本票請留一天，不要送去交換，明天我拿美鈔抵帳。這個不能開玩笑的。

電話一直打了七八次。打到最後一次的時候，他已是斜靠在桌子上，抬起一隻手來，只管握了手絹，不停地擦額頭上的汗。放下了電話聽筒之後，看到桌面上放著一玻璃杯現成的茶，他端起來就咕嘟幾聲，一口飲盡，放下杯子來，向石副理苦笑道：「好傢伙，我嗓子都叫啞了，沒有問題了。」他表示著這是鬆了一口氣，將衣袋裡的紙菸盒子取出，拿了一支菸，三個指頭夾著，在紙菸盒的蓋子上，慢慢地頓著。

石副理也在旁邊取菸抽，按著了自己的打火機，伸過來，給何經理點著菸，因笑道：「天天這樣的抓頭寸過難關，那當然不是辦法，今天晚上，到經理公館裡去，大家計劃計劃吧。」何育仁噴著一口煙出來，連連地搖了兩下頭道：「沒有問題了。不過輕鬆一下，我也不反對。打個電話回去，叫廚子作兩樣菜，我們來他四兩茅臺。」

石泰安還沒有答覆這個問題呢，那劉以存主任，竟是面色蒼白地走了進來，手上拿了兩張支票，站在桌子邊苦笑了一笑，然後將支票放在經理面前。何育仁看時，是同業的兩張支票，一張是大德銀行的支票，是一千五百萬元，一張是利仁銀行的支票，二千萬元。他看了支票的數目，兩眼發直，然後將手在桌子上一拍道：「太不夠交情了。現在三點半鐘了，只有三十分鐘的工夫，讓我們到哪裡去抓三千多萬的頭寸？」

石泰安伸頭看著，搖搖頭道：「這確乎是有點落井下石。本票是開不得了。下午開出去四千多萬本票，有三分之二，是交給同業的，希望他們今天不送去交換。根據經理電話的交涉，已經是沒有問題了。縱然有一部分送去交換，頭寸短得有限，我們還可以去講點人情。若是再開三千多萬出去，那數目就太多了。打兩個電話商量商量罷。」

何育仁搖搖頭道：「不行！大德和利仁，也短少頭寸很多。」說著，他口銜了菸卷，兩手背在身後，站起來，只管在屋子裡踱來踱去。他每走一步，踏得樓板響，正和牆上掛的鐘擺響相應和。他聽到鐘擺聲，猛然抬頭一看，卻看到鐘的長針已到了八點，到銀行停止營業時間，只有二十分鐘了。站定了腳，出了一會神，忽然嘴角翹著，微微一笑。

石泰安也正是把兩隻眼睛都射在經理身上的，便問道：「經理有什麼解圍的法子嗎？」他笑道：「中國人到了問題不能解決的時候，唯一的辦法就是拖。今天我也解得這個妙訣了。不管怎樣，我們已拖到了三點三刻。他們不講交情，我們也不講交情，我們給他來個印鑑不清，退票！他再開支票來，已是我們下班之後了。」

石泰安道：「那不大好吧？」說著，仰了臉，望著何經理。他倒不問太好不太好，走到寫字臺邊，伸了食指在支票的印鑑上捺著，輕輕向上向下一揉，把那印鑑的字紋就揉擦得模糊了。因把這兩張支票拿著，交給劉以存道：「把這支票退給來人，請他們再開一張，這印鑑全不清楚呢。」劉以存拿著支票，雖然臉上也帶一些笑容，然而那笑容卻不正常，向何經理看了一眼就走了。

何育仁並不管那支票退出去以後的情形如何。但是抬頭看到牆上的掛鐘，已是三點五十分。不覺噗嗤的一聲笑了。自言自語道地：「不怕你鬼，喝了老娘的洗腳水。哈哈。」在他哈哈笑聲之後，經理室外鈴子響起，今天業務，宣告終止，全萬利銀行的人，已不怕有人提現了。不過何育仁雖感到暫時的輕鬆，但明日後日的頭寸怎樣周轉，還是要事先想法子的。這就依了石泰安的建議，邀集了行裡的幹部人員在新市區自己公館晚餐。動身之前，向公館裡去了個電話，教廚子預備幾樣菜，並且預備好一瓶好茅臺酒。

六點鐘以前，全部人員到了何公館。因為他是一個有辦法的銀行經理。雖然重慶的房子是十分困難的，他還擁有一座小洋房。在小客廳裡大家架了大腿，仰靠在椅子背上。何經理換了一個作風，口裡銜了一支土製雪茄，兩手捧了一張晚報，很從容地向下看。金襄理坐在側面也拿了一張晚報看，他忽然一拍大腿道：「德國完了，以後聯合國圍剿日本，日本也沒有多久的生命了。」

石泰安閒閒地昂了頭吸菸，因道：「我們三句不離本行，還是談自己的事吧。勝利快來了，我們現在第一步工作就要作個決定，這總行是設在南京呢？還是設在上海呢？其次，我們得考慮一下，漢口的分行是先成立呢？還是和上海總行一路開幕呢？」何育仁放下了手上的報紙，取出嘴裡銜的雪茄，在茶几上的菸灰碟子裡彈了一彈灰。向在座的人，都看了一眼，然後笑道：「我們還不要希望得那樣遠。那幾家收著我們本票的同業，若都說話不算數，全向中央銀行一送，那今天晚上，還大大的有番交涉呢？」

石泰安道：「經理親自去和各家同業面洽的，我想他們總不好意思吧？為了慎重起見，回頭我們不妨去打幾個電話。」何育仁對這個建議，只微笑了一笑。恰好聽差來請吃飯，大家就起身向飯廳裡去。

那飯廳中間的圓桌子上，蒙了雪白的桌布，正中間已擺下了三大件菜。一樣是尺二口徑的大瓷盤，裡面擺著什錦冷葷。兩個大仰口碗，一碗是紅燒雞腿，一碗是紅燒青魚中段。小高腳玻璃杯子，裡面雖然盛滿了酒，而依然還是裡外透明。這正表示了這貴州茅臺酒是十分的純潔。大家在椅子上坐下來，還不曾動筷子，就讓這好酒的香味熏得口胃大開了。大家飲酒談話，好菜又是陸續地來，已把今天忙頭寸的痛苦與疲勞，忘了個乾淨。

七點半鐘以後，何經理吩咐家人熬了一壺美軍帶來的咖啡，大家坐在客廳沙發上面消化腸胃裡那些雞魚肉。聽差走了進來，走近了主人身邊，很和緩地報告著道：「交換科來了電話。」這報告聲音雖低，何育仁聽著，就像響了個大雷呢！

第二回　交換的難關

任何商業銀行經理，對於交換科長的電話，是不會歡迎的。何育仁聽說是交換科來的電話，心裡先有三分膽怯。但是縱然膽怯，究竟短了多少頭寸，還是不可知的事，當然要知道清楚。於是到小書房裡，將電話聽筒拿起來，只喂了一聲，立刻向著電話機，行了個半鞠躬禮。因道：「是是是，張科長……哦，頭寸不夠。我今天下午，在同業方面，已經把頭寸調齊了的。沒想到他們不顧全信用……當然，萬利銀行自行負責……哦，十點鐘前，要交出一億二千萬，會有這樣多嗎？……是是，我盡力去張羅。十點半鐘，我到行裡來，一切請多多維持。萬利本身還在其次，影響到市面上的金融那關係就大了……好罷，一切面談吧。」

何育仁放下了電話機，回到小客廳裡來，臉色帶點兒蒼白，這神氣就非常難看，那夾著雪茄菸的手指，兀自有些抖顫。石泰安心裡想著：我說的話你不聽，看你現在怎樣對付？那金煥然襄理，卻是忍不住，他已由座位上站起來，迎著問道：「是不是告訴我們多少頭寸？」何育仁坐下來，嘆了口氣道：「不短頭寸，打電話到我們家裡來幹什麼？我沒想到會短少到一億二千萬。」

金煥然道：「一億二千萬？絕不會有那樣多。」石泰安坐在一旁點點頭道：「我想數目是不會太少的。昨天我們本來就短少著的頭寸，因為數目還小，和交換科商量商量，就帶過來了。今天上午，我們就短少著兩千多萬到三千萬，下午大概是六千萬，那麼加上舊欠的，那的確是去一億不遠了。」何育仁皺了眉道：「現在說著這些話有什麼用？事不宜遲，我們分頭去跑跑，十點鐘以前，我們在行裡碰一次頭。」說著，就昂了頭向窗子外叫道：「叫老王預備車子吧。」大家一看經理這情形，是真的發了急，也都隨著站了起來。

石泰安道：「經理要我去走那幾個地方，我立刻就去。不過賣大面子的地方，最好還是經理自己去。」何育仁站著想了一想，因道：「我們還是分途辦理吧。」於是在身上摸出自來水筆和兩張名片，在名片後面寫著他們要找的人，和要找的頭寸，寫完了，各人給了一張，然後搖著頭道：「不見得有多大的希望。不過盡力而為就是了，回頭行裡見吧。」他口裡說著，人就向外走。出了大門，坐上人力包車，就直奔他所要找頭寸的地方去。他第一個目的地，是趙二爺家裡。

這趙二爺是重慶市上一位銀行大亨，不但是對川幫有來往，對下江幫也有來往。銀行界的人，為了他對內外幫都走得通，平常就不斷地請教，到了有什麼困難發生；若去向他求援，他斟酌輕重，或者是出錢，或者是出力，倒向不推諉。不過他有一個極大的毛病，私人言行，絕不檢點，生平只有他給釘子人家碰，他卻不碰人家的釘子，而且又喜歡過夜生活，白天三點鐘以前，照例是不起床，三點鐘以後，他坐著汽車，愛上哪裡就上哪裡。而且他家裡的電話，只有他隨便打出，你若向他家裡打電話，探聽他的行蹤，照例是無結果，倒是你親自向他公館裡去拜訪，只要他在家，卻不擋駕。因之在金融界請求趙二爺的人，只有冒夜活動，何育仁這銀行，原來也曾請趙二爺當董事的，他答應有事可以幫忙，卻沒有就這個董事的職。這時他成了遇到了磨難的孫行者，非求救於觀世音不可。因之抱著萬一的希望，首先就到趙公館來。

他到了大門口，首先看到門框上那個白瓷燈球亮著，其次是電燈光下，放著一輛油漆光亮的流線型汽車，那正是趙二爺的車子，證明了他並沒有出去。立刻由包車上跳下來向前去敲門。他們家裡的勤務迎了出來。在電燈光下帶笑地點了頭道：「何經理這時候才來？」

何育仁先怔了一怔，這傢伙怎麼知道我會來？便點著頭笑道：「來早了怕二爺不在家。」勤務道：「二爺現時正在會客室。」何育仁道：「那麼，請你去替我回一聲，我在外面小客廳裡等著吧。」勤務笑道：「不，二爺說了，請何經理到小書房裡去坐著。」何育仁聽了，心裡是又驚又喜，驚的是萬利銀行短頭寸，已鬧得滿城風雨了。喜的是趙二爺猜到了自己一定來求救而且肯相救。若不是肯相救，怎麼會預定了在小書房裡見面呢？於是隨在勤務後面，踱到小書房裡去。

趙二爺的書房，倒是和他那大才的盛名相稱。屋子裡只有一架玻璃書櫥，上下層分裝著中西書籍，此外一套沙發，一套寫字桌椅。桌子角上亂堆了一疊中英文雜誌。桌面玻璃板放了兩份晚報，一本精裝的杜牧之的《樊川文集》，那書還是捲了半冊放著的。提起來一看，正是《九日齊山登高》那首七律所在。「塵世難逢開口笑，菊花須插滿頭歸」兩句詩旁邊，還用墨筆圈著一行圈呢。他心裡想著，這位仁兄，還有這些閒情逸致，於是放下書，隨手拿了份晚報，坐在沙發上等候主人。

可是今天的晚報，全已看過了的，將消息溫習一遍，也沒有多大意思。翻過報紙的後幅，就把副刊草草看了一遍，但耳朵裡可聽到趙二爺在對過客廳裡說話。趙二爺說的是一口土腔，非常容易聽出來的。這時，他正笑著說：「啥子叫秩序？這話很難說。你說十二點鐘吃上午，七點鐘消夜那是秩序？我要兩點吃上午，九點吃消夜，那難道就不是秩序。一個國民，只要當兵納稅，盡了他的義務，我有錢，天天吃油大，沒得錢，天天喝吹吹兒稀飯，別個管不著。」

何育仁一聽，這位先生又開了他的話匣子了。自己是時間很有關係的，卻沒有工夫聽這分議論，於是在書房門外探視了幾回。看到勤務過去，就向他招招手。因道：「請你去和二爺再說一聲罷。我有點急事，要和二爺談談，大概有十來分鐘就夠了。」勤務似乎也很知道他著急，深深點了個頭，就到客廳裡去了。這算是催動了這位大爺。

他口銜了紙菸，笑嘻嘻地走進來。他身穿咖啡色毛呢長夾袍，左手垂了長袖子，右手將袖口捲起，捲出裡面一小截白綢袖子來。他是個矮小的個子，新理的發，頭上分發，理得薄薄的，清瘦的尖面孔上，略有點短鬚。在這些上面，可以看出他是既精明而又隨便。

他笑著進門，伸手和客人握了一握，笑道：「我想，你該來找我了。不要心焦，坐下來慢慢地談。」說著，讓在沙發上坐下。何育仁雖被他揭破了啞謎，但究竟不便開口就說求救的話。因道：「二爺恭喜，已留尊須了。」他笑道：「這是我偶然高興，這還是『草色遙看近卻無』。若是有女朋友不喜歡這傢伙，我立刻就取消它。怎麼樣，今天頭寸差多少？」他說著，立刻把話鋒轉了過來，逼問何育仁一句。他皺了眉道：「正是為了這事向二爺請救兵，剛才接了交換科的電話，他說短一億二千萬。雖然由我算來，不會差這些個。可是他說出來這個數目，怎麼著也得預備一億。不然的話，他們宣布停止交換，那我們算完了。」

趙二爺聽了毫不動心的樣子。將茶桌上的紙菸聽子，向客人面前移了一移，笑道：「吸菸吧。慢慢地談。」何育仁擦火吸著菸，沉靜了兩分鐘，見趙二爺又換了一支新菸，架腿仰靠了沙發上坐著，昂了頭向外叫道：「熬一壺咖啡來喝。」他將身子偏著，頭伸向前湊了一湊，把皺的眉頭舒轉著笑道：「二爺，你得救我一把。」他笑道：「不就是一億二千萬嗎？不生關係，我已經和張科長透過兩次電話，他決計等你們一夜，好在也不是萬利一家渡難關。」

何育仁道：「我也知道今天這一關，有好幾家不好過。還有哪幾家嚴重？」趙二爺笑道：「廖子經剛才由我這裡去，你今天整了他一下子。」這廖子經是利仁銀行的經理，今日下午開了兩千萬元的支票來掉換本票，萬利銀行曾以手指頭按捺，壞了人家的印鑑，將人家的支票退回。趙二爺說「整」了他一下子，當然就指的這件事了。

何育仁不免紅了臉，苦笑了一笑，一時找不出一句答覆的話來。但兩分鐘後他究竟想出個辦法來了，笑道：「這件事是有點對不住廖兄。也是事有湊巧，我出去找頭寸去了，不在行裡，其實支票上，縱然有點印鑑模糊，打個電話，接頭一下就是了，何必那樣認真退票。」

趙二爺哈哈笑了一聲道：「老兄，這個花槍，我們吃銀行飯的人，哪個不曉得。兩千萬在別家無所謂，你這一錘，打在害三期肺病的人的身上，硬是要人好看。是把利仁的票子退回去，在上午也不要緊，下午退了回去，四點鐘以後，你叫他哪裡去找頭寸？這個作風要不得，二天不可以。」說著，頭枕在沙發椅靠上，亂搖了一陣。

何育仁雖不願意趙二爺這樣直率的指責，可是回想到是來請救兵的，那只好受著人家的氣。因道：「過了今明天這一關，我當親自去向子經兄道歉。現在是沒有多大時間了。二爺看怎麼樣，能幫著我多大的忙呢。」趙二爺口銜著菸卷，微微的搖上兩下頭，笑道：「要說找現款，我今晚上是找不到的。剛才廖子經來了，我也是讓他空著兩手走去。不過你有了這個難過的難關，我也不能坐視，我絕對有辦法，讓你闖過關去。你不妨先到交換科去一趟，看那張科長是怎樣的態度。」

何育仁笑道：「那何用去看呢，我早已料到了。那是四個字的考語，停止交換。」趙二爺笑道：「你並沒有和我鬧什麼退票，我當然犯不上和你開啥子玩笑。我要你去一趟，一定有我要你去的道理。我是個夜遊神，你到交換科去，若是沒有結果，你不妨來個『夜深還自點燈來』。我是『呂端大事不糊塗』，平常你有啥事約我，作興話從我左耳朵進來，就從右耳朵出去。不過事關別個銀行的存亡關頭，那我絕不會誤事。」

何育仁對於趙二爺的話，雖然是將信將疑，可是他約了個機會，總還沒把路子完全堵死。只得站起來告辭道：「我已經沒有了時間，這事不能容我久作商量。」趙二爺原是坐在沙發上靜靜地靠了椅子背在聽話的，他口裡銜的那支卷菸，在燒得有半寸多長，兀自未曾落下。這時，他站起身來，菸灰落下來，在衣襟上打了幾個旋轉。他笑道：「我曉得你沒有時間商量，可是你這件事總還要商量，你可以到交換科去證明我的話，有人正等著你的商量呢。」說著，他首先起身向門外走，大有送客的樣子，何育仁覺得這已無可留戀，只好向外走著。

趙二爺送客，是不出正屋屋簷的，何育仁到了屋簷外，復又轉轉身來，向二爺點著頭道：「話說多了，那是討厭的。不過我最後還得重複一句，二爺必須挽救我一把。」趙二爺笑道：「『山重水復疑無路，煙消日出不見人』。這兩句詩集得怎麼樣？二天過了關，我們來飲酒談詩嗎。」何育仁犯了急驚風，偏偏遇到這位慢郎中，這讓他只是啼笑皆非。心裡雖是十分不滿意，但依然伸出手來向趙二爺握著。

趙二爺握著他的手時，覺察到他的手臂有些抖戰。這就搖撼著他的手道：「不用焦心，天下沒得啥子解絕不了的問題。我負責你明天照樣交換。」何育仁雖知道重慶市面上說負責兩個字，是極普通的口頭語，可是在趙二爺嘴裡說出來，那也不會太普通。於是再點了兩下頭，告辭而去。

他第二個目的地，是秦三爺家裡，可是他由馬路上經過的時候，就看到秦三爺的汽車，停放在一家酒館子門口。重慶是沒有長久時間的夜市的，這個時候，他的汽車還停在這裡，可想到又是有了什麼盛會。這也用不著他想什麼主意，就徑直先回自己銀行裡去。

他銀行裡雖然也住了幾位職員，可是每到晚上，就沒有什麼燈火，樓上下寂然。今天的情形不同，各屋子裡燈火通明，好像是趕造決算的夜裡。他首先看到客廳的玻璃窗戶上，電燈映著幾個人影搖搖。料行中同事全坐在那裡等消息。

拉開活扇門，首先感到的，是電燈下面，煙霧沉沉。各沙發上，端坐著自己的幹部，每人口銜一支菸，吞雲吐霧，默然相向，並沒有什麼人作聲。何經理走了進來，大家像遇到了救星一樣，不約而同地，輕輕啊了一聲，全站了起來。

何育仁站在屋子中間，向副理、襄理、主任全看了一眼，接著問道：「有點路數沒有？」石泰安將口裡銜的菸支取下來，向身旁的痰盂子裡彈了幾彈灰，身上是有氣無力的樣子，頭連了頸脖子全歪倒在一邊，望了何經理道：「今天銀根奇緊，絲毫都想不到法子。」

何育仁淡淡一笑道：「我也料著你們，不會想到什麼法子。」金煥然襄理，還是穿了那套筆挺的西服。小口袋外面，垂出一截黃澄澄的金錶鏈子，電燈光照著，就覺得他那細白的柿子型臉上，泛出一層輕微的汗光，似乎這小夥子，一切樂觀，今天也有些減低成分了，他在修刮得精光的嘴唇上，泛出一片笑容，這就對何經理道：「今天下午，我們退回去兩張支票的事，同業都知道了。見面，人家就問這件事。這樣一來，我們若和人家找頭寸，那就更顯得我們退票是真的了。」

何育仁道：「既然如此，多話也不用說了，我馬上到交換科去罷。醜媳婦總是要見公婆的。」他說畢最後這句話，人已是走出去了。他的確死了再找頭寸的心，徑直地就奔交換科。進了銀行大廈的門，首先讓他有個人家有先見之明的印象。就是由電梯上走到三層樓，那個交換科特設的傳達先生，端坐在電燈下的小桌上，攤了幾張報紙在那裡看。

何育仁遞上名片去，他接過一看，就先向來賓笑了一笑。然後站起來道：「會張科長的？他正等著呢。」何育仁看了這位傳達先生的笑容，好像是他臉上帶了刀子，有那鋒利的刀刃，針炙著來賓的眼光，他鎮靜地想了一想，笑道：「我們原來是透過電話的。」傳達是很信他的話，並不要去先通知，說了個請字，先行搶了兩步，走進交換科長的辦公室去，然後出來點點頭，再說個請字。

何育仁走了進去，見寫字臺設在屋子中間，電燈照得雪亮。張科長坐在寫字椅子上，面前擺下了許多表冊，他右手旁放著一隻帶格子的小立櫃，裡面直放著黑漆布書殼的表冊簿，可想到他是不住地在這裡翻著帳目的。桌子角上，有只精緻的皮包也敞開著搭扣，未曾關上，又可想到那裡面的法寶，他是不斷地應用著。這裡客人進了門，那張科長還大剌剌地坐在寫字椅子上，直等客人靠近了寫字臺裡，他才由位子上站了起來，伸出手來，隔了桌面，向何育仁握了一握，然後指著旁邊的椅子說聲請坐。客人沒有坐下，主人就先行坐下了，何育仁在他寫字臺側面的沙發椅子上坐下。

張科長面前擺的表冊簿子翻了幾頁，對著上面查看了一遍，然後將手在表冊簿子上輕輕拍了兩下，望了何育仁淡笑著道：「貴行今天交換的結果，共差頭寸多少，何先生知道嗎？」何育仁對別個可以撒謊，對交換科長是不能撒謊的，因為自己給人家的支票，人家給自己的支票，都在這裡歸了總，兩下一比，長短多少，交換科長心目裡是雪亮的。便向張科長苦笑了一笑道：「大概是八九千萬，我今天……」

張科長向他一擺手道：「這些閒文不用提，在明天早上八點鐘以前，你必須把所短的頭寸補起來。」何育仁道：「張科長的意思，明日銀行開門以前，短的頭寸，必須交齊，若是不交齊，就停止交換了。」

張科長倒是沒有答覆他這句話，只淡淡地對他笑了一笑。然後把面前放的一聽紙菸，送到寫字臺桌子角上，因道：「請吸一支菸罷。我今天為了幾家同業的事務，不打算回去，就睡在行裡了。你有法可設的話，我長夜在這裡恭候。」何育仁欠了一欠身子，笑道：「那真是不敢當。」順勢他就取了一支紙菸在手，擦著火柴吸了。他也只是僅僅吸了一口菸，立刻把菸支取了出來，三個指頭夾著，不住向茶几上的菸灰碟子裡彈著灰。他一隻手按住了膝蓋，微昂了頭向張科長望著。

張科長坦然無事地自吸著菸。他靠了寫字椅子的靠背，不斷地噴著煙發出微笑來。何育仁坐在他對面，看他穿的那套淺灰法蘭絨西服，沒有一點髒跡，沒有一點皺紋，顯然是從加爾各答作來的東西。他雖是個長方臉，可是由電光照著他肌肉飽滿，皮膚上有紅光反映，只在他兩道濃眉尖上，就表示著他是權威很大。他那雙有鋒芒的眼睛，雖是掩藏在水晶片下，兀自有著英氣射人。這就不能等著他把停止交換那四個字叫了出來了。因道：「趙二爺說，有個電話給張科長。」他點點頭道：「有的，無非是叫我們放款給你們。這個當然辦不到，誰也不敢違抗財政部的命令。不過趙二爺又給你們想了個第二條路，說是你們手上有東西拿出來抵帳，這個我可以通融辦理。你想想看，手上有什麼可抵上一億現款的，你送到我們這裡來吧。」

何育仁聽了這話，這傢伙明知故問，不就是想我把金塊子押給他嗎？他默然又吸著幾口菸。張科長不等他開口，又微笑著催了一句道：「你想想看，還有什麼可以拿出來抵帳的嗎？」何育仁道：「我私人有點金子，可以賣給你們嗎？」張科長道：「可以的。官價是三萬五。你有三千兩金子的話，這問題就解決了。雖然商業銀行是不許買金子的，好在你是賣出，我們也不過問來源。」

何育仁道：「晚上可沒有法子搬運那些金塊。」張科長笑道：「我不是說了嗎？我今晚上是不回家的。只要你明早八點鐘以前，將金塊子送到。你們九點鐘開門，照常營業，一點沒有錯誤。」何育仁道：「假如……」張科長笑著搖搖手道：「何經理這是你自己的事，你自己要努力呀，還有什麼假如可言呢？假如今晚上的交換，不能結帳，明天你們就停止交換，這後果是極為明顯的。我們管什麼的，不能負這個責任。」

何育仁聽這位科長的話，竟是越來越嚴重，而且那臉色也非常之難看，因起來道：「好吧，就是那樣辦，明天七點半鐘，我把金子送了來。」張科長道：「我決計在這裡等候。」何育仁究竟是不敢得罪他，還走向前和他握著手。

這回算是張科長特別客氣，走出位子來，送到科長室門口，最後還點著頭說了聲：再會。何育仁苦笑著他他點了個頭，轉身就走。偏是冤家路窄，就在電梯口上，遇到了那位被退票的利仁銀行經理廖子經。彼此對望著，站著呆了一呆。

第三回　戲劇性的演出

那位廖子經經理，在今日上午，就以利仁銀行差著兩千來萬的頭寸，感到十分困窘，下午不但沒有補上，而且欠的更多。他因為萬利銀行欠利仁兩千萬，就在當日下午開支票挖回。不想萬利給他來個退票。他銀行裡當然也有些黃金和美鈔，但所差還只三四千萬，不肯拋出這些硬貨，因之就坐著汽車，連夜到處抓頭寸。這時抓得有點頭緒了，所差不過千萬，因此他就到交換科來要向張科長先通知一聲。預備萬一那一千萬元還抓不到時，請張科長予以通融，繼續交換。

他心裡還兀自想著，倘若不是萬利銀行將兩千萬元支票退票，今天晚上交換，所短有限，稍微在同業方面轉動一下，也就夠了。就是不夠，憑著這幾個鐘頭的奔走，已經跑得多出一千萬元來，現在跑了幾小時還不夠，那就是吃了萬利銀行的虧。心裡想著，不料就在交換科的鬼門關上，遇到了萬利主持人何育仁。呆了幾分鐘之後，他便笑道：「何兄，你好？」何育仁覺得這句話，並不是平常問好的意思，也就向他笑道：「今天晚上彼此都忙，明天我到貴行去登門道歉。再會再會。」說著，兩手舉了帽子連拱了幾個揖就跨上電梯走了。

他自知廖子經是不會滿意的，見了張科長之後，少不了再說幾句壞話。那麼這所短的一億頭寸，恐怕張科長是一百萬也不肯讓。低著頭坐上人力車，到了自己銀行裡，那經理室和客廳裡的電燈，還是照得通亮，這可見銀行同人，還能同舟共濟，正在等著自己的消息呢。他走進小客廳，向大家點了個頭，然後坐下，因搖搖頭道：「大事完了，大事完了！」石泰安、金煥然都是抱著一番樂觀的希望期待著何經理回來的，以為何經理的面子，不同等閒，他親自到了交換科，交換科的張科長總可以給他一點面子。這時他什麼話沒說，接連就是幾個完了，這讓同事感到驚愕，大家都面面相覷，說不出話來。

何育仁道：「也沒有什麼了不得，我們把那十萬金塊子，明天八點鐘以前，全數送到交換科，把頭寸就補齊了。」金煥然靠了茶几站著，兩手向後，撐住了茶几的邊沿，呆呆地望了何育仁。石泰安卻是兩手環抱在胸前，在客廳中間來回地走著。其餘幾個同事，卻是各占著一把椅子坐了，依然面面相覷。

石泰安住了腳，向何育仁道：「這樣辦，那是說我們照著三萬五的官價，賣給國家銀行。」何育仁淡淡地笑道：「自然是如此，難道他還照黑市七八萬一兩買我們的？」金煥然道：「那我們兩三個月以來，豈不是白忙一場？」石泰安先笑了一笑，然後又搖上兩搖頭，但他仍然是走著步子的。他從從容容道地：「若果然是白忙一場，那是大大地便宜了我們了。我們在各方面吸收著頭寸，買了金子的期貨，這金子就背得可以。整億的現錢被凍結著，讓我們周轉不靈，這兩天鬧得沒有辦法應付每日人家提現，不都是為了這幾塊金子嗎？我們原只想等了金價看高，將它變賣了，除了解除凍結的款子，我們還可以盈餘幾千萬元。若是照這樣辦，把七萬多一兩的金子，作三萬五一兩去彌補短的頭寸，那我們是賠得太多了。」

何育仁坐在沙發上，把腦袋垂下來，無精打采地搖了兩搖頭，嘆口氣道：「姓張的，手段太辣，他半天工夫都不肯通融。假如他允許我們明天十二點以前補齊頭寸的話，我這可以賣掉幾塊金子。現在是七萬五六的行市，我們只要七萬一兩，你怕銀樓業不會搶著要。我們只要賣七塊，至多賣八塊，這問題就解決了。現在把十塊全搬了去，恐怕還有點兒不夠。人家是把我們這本帳看揭了底，要抄我們的家。」

金煥然道：「我們把金子抵了帳，雖然照常交換，可是還短人家一屁股帶兩胯，這便如何是好？」何育仁只把鼻子哼了一聲，淡笑著沒有作聲。石泰安道：「我們現在有兩個辦法。第一個辦法，就是我們自認倒楣，把十塊金磚，一齊拿去抵帳。第二個辦法，就是我們滿不理會，停止交換就停止交換，我們把金子賣了，總還夠還債有餘。」

何育仁道：「我們還要不要萬利銀行這塊招牌？我們還吃不吃銀行這碗飯？停止交換以後，跟著同業的交往，完全斷絕，存戶擠兌，誰還向你銀行作來往？恐怕非關門不可了。」金煥然道：「那我們只有認背了。」何育仁將手連搖了兩下，嘆口氣道：「不要提這件事了，說了心裡更是難過。大家去睡覺，明天一大早起來，用車子送金磚。」說著，將手在大腿上重重拍了一下，站起身來就向經理室去了。

這行裡也給何經理預備了一間臥室，那是提防萬一的事，他在行裡過夜的。所以他忙了一天，倒不是沒有地方安歇。安歇是安歇了，他睡在床上，一夜未曾睡著。次日七點鐘就起來了，督率著幹部人員，將十塊金磚，由倉庫裡提出五塊一包，用厚布包裹了，就用副經理的自備人力包車，分別裝載，拖向大銀行交換科去。這十塊黃磚，關係何育仁的生命，他可不敢大意，除親自押解外，還有三個職員隨同車前車後照料。到了大銀行門口，那個通交換科的側門，已是開著的了。他再把金磚送到交換科科長辦公室，那位張科長言而有信，破例八點鐘以前上班，也在等候著了。何育仁將兩個包袱搬到屋子裡桌上，一塊塊地由包袱裡取出金磚來，面色沉重，然後才走向前兩步，和張科長握著手。他臉上發出一種極不自然的笑意，點了頭道：「我一切遵命辦理了。」

張科長對那些金磚，一塊塊地瞟上一眼，他是經驗豐富的人，自知道這金子值多少錢，點了點頭道：「我只要公事上交代得過去沒有不可通融的。可是我總要算和朋友盡力了，我在這屋子裡熬了一夜了。你的事情告一段落，坐下來吸支菸吧。」說著，他在身上取出賽銀菸盒子和打火機向客人敬著菸。

何育仁在他口裡，聽到說告一段落，就知道沒有問題了，因道：「我們所短的頭寸，有這些金子可以補齊了吧？」張科長道：「這筆細帳，我們自得詳細地計算一下。我估計著，也許富餘一點，也許短少一點，那都沒有關係。」何育仁道：「那麼，張科長給我一張收條，我就回行去轉告他們去了。」張科長笑道：「那是自然，你給我這些東西，我還有不給收條的道理嗎？」說著，就把科中職員叫來，點清了金塊的重量，然後開了一張收條，張科長親自加蓋圖章，遞給何育仁，好像一切手續，都是預備好了的。

何育仁接過那張收條，看了一看收條上的數目與金塊子上的份量相稱，這就折疊好了，揣在口袋裡，然後向張科長強笑地點了個頭，就轉身出去了。

他到了銀行裡，見所有職員，都已提早到了，靜等著開門，那自然是好意的。但看他們臉上那分緊張的情形，分明他們還有一分萬一的企圖。以為銀行今天若是開不了門，他們就得向銀行負責人，索要生活費，所以何育仁一進了門，大家都向他注視著。但他態度極其自然，含著笑，走到經理室去，口裡還一連地說著沒有問題，沒有問題。在他這四個字的解釋裡，大家心裡，放下了一塊石頭。

到了九點鐘，也就照常開門營業。開門營業不到十五分鐘，那位將八百萬元支票來提現的范寶華，他又來了。他還是那樣自大，並不要什麼人通知，徑直地就走進了經理室。何育仁一見到了他，這就先行頭痛了。因為停止交換這層大難關，雖然已經過去，可是行裡庫空如洗。有人來兌現，還是無法應付。這就走向前來，笑嘻嘻地和他握著手，點了頭道：「你是這樣的忙，這麼一大早，你就出門了。」

范寶華坐在沙發椅子上，架起腿來，自取著火柴與紙菸盒，擦著火柴，自行吸菸。微微地笑道：「我雖然起得早，也沒有何經理起得早。你不是七點鐘，就上國家銀行了嗎？」何育仁道：「是的，但是我們這一個難關，完全度過去了，沒有什麼事了。老實說，作銀行業的人，偶然鬆手一點，把資金凍結一部分，那是很平常的事，也只要應付得宜，解凍也毫無困難。」他說著話，也很從容地在經理位子上坐下。

范寶華笑道：「那是當然。只要存戶都像我姓范的這樣好通融，天下沒有什麼解絕不了的事。」何育仁這就向他連連地點了幾下頭道：「昨天的事，那實在是多承愛護。現在你那個難關，大概是度過去了。」范寶華倒不要這層體面，將頭連連地搖撼了幾下道：「沒有過去，沒有過去。現在我就差著二三百萬元的急用。我這裡有張支票，希望不要給我本票。」說著，在菸盒子蓋裡層，鬆緊帶子夾住的縫裡，抽出一張折疊著的支票，交到經理桌上。接著笑道：「我若把這支票交到櫃上，你們櫃上的職員，少不了也拿了支票到經理室來請示，總打算開本票。乾脆，我就單刀直入到你這裡來，向你請教了。」何育仁聽說，微微笑了一笑。范寶華笑道：「這次，無論如何，請幫忙。你若不幫忙，我今天過不去，這頓中飯，恐怕就要揩貴行的油了。」

何育仁接著那支票，先看了一看填的數目，然後向范寶華臉上瞟了一眼，見他滿臉的肌肉顫動，全是那不正常的笑意，這就點了頭道：「好的，好的。你坐一會，我到前面營業部去看看。」說著，他站起身來就向外面走著，范寶華也立刻走向前將他衣袖拉扯著，笑道：「何經理，你可不能開一張本票給我。我拿你貴行的本票在手上，和拿了自己的支票在手上，那有什麼分別。二百六十萬一張本票，那是買不到的東西呀。」

何育仁本不難答應他一句話，全給現錢，可是想到昨日下午，最後兩小時，已把所有的現鈔，搜括一空。今天還是剛剛開門，哪裡就能找到這樣一大筆頭寸？於是站住了腳望著他出神了一會，然後笑道：「老兄，何必那樣……」這下面「見逼」兩個字，他不好意思說出來，把樣字拖長了，不肯向下說。范寶華笑道：「我覺得我已很肯幫忙了。我一個跑街的小商人，有多大的能力呢。」

何育仁看他那樣子，是絲毫無通融之餘地，便笑道：「請你等著罷，我絕對讓你滿意。」他笑嘻嘻地走了。范寶華對於這事，倒是淡然處之，就架腿坐在沙發上，緩緩地吸菸。約莫是十分鐘，何育仁走進來了，他手上拿著一捆鈔票，又夾了一張本票，彎了腰全放在茶桌上。范寶華先看那本票，就寫的是二百萬，因搖著頭微笑道：「難道一百萬現鈔，你們都不肯給我。」

何育仁道：「本票也是一樣。難道萬利銀行的本票都不能交換不成？哪家商業銀行，也不能無限制地付出現鈔。根本國家銀行，就不肯多給我們現鈔啊！你不相信我們，把這本票存入國家銀行，下午你再開支票，也不過耽誤你幾小時而已。」范寶華自知道他開出了本票，就得負責，只是含笑吸菸。這時，他耳朵靜下來了，就聽到外面營業部哄哄的一片人聲。再看何育仁的顏色，也極不自然。他想著在萬利銀行的存款，已沒有多少，不必和他難堪了，將鈔票本票收進了皮包，就告辭而出。

到了營業部一看，沿著櫃檯外，全站的是人。有的在數著鈔票，有的在伸著支票或存款摺子，向櫃檯裡面遞。櫃檯裡面那些辦事職員，臉上都現著緊張之色。幾個職員站在櫃檯裡邊，正和櫃檯外的來人，分別說話。這不用細想，乃是銀行開始擠兌的現象，萬利銀行的黃金時代，到這裡要告一個段落了。

范寶華懷著一肚子的高興，坐了人力車子，立刻轉回家去。在半路上，就看到魏太太穿件藍布大褂，夾了個舊皮包，在人行路上低了頭緩緩地走。這就跳下車來，將她攔著，笑道：「來得正好，我們一路吃早點去。」魏太太站住了腳，抬起頭來，倒讓他為之一驚。今天，她沒有塗一點胭脂粉，皮膚黃黃的。兩隻眼眶子也像陷落下去很多。不過她的睫毛顯得更長，倒另有一種楚楚可憐的樣子。她在長睫毛裡，將眼珠一轉，向范寶華搖了搖頭，並沒有說什麼。

范寶華道：「你有什麼心事嗎？」魏太太只輕輕地嘆了口氣，依然還是不說什麼。范寶華忽然想起，人家的丈夫還關在看守所裡吃官司呢，便笑道：「不要難過，作黃金的人，吃虧的多了，有家放手去作的銀行，昨天還幾乎關了門呢。你到我家裡去吃午飯，我給你一點興奮劑。」魏太太將眉毛皺了一皺，苦笑道：「人家心裡正在難過呢，你還拿我開玩笑。」

范寶華道：「我絕不是拿你開玩笑，我除了在萬利銀行拿回一筆款子而外，洪五爺還答應讓給我兩顆鑽石。」魏太太聽到鑽石兩個字，好像是飢餓的猴子，有人拿著幾個水果在面前堆著，立刻心裡就跳上了幾跳，不等他把話說完，就帶了三分笑意問道：「鑽石？多大的？你越來越闊了，金子玩過了，又來玩鑽石。」

范寶華笑道：「我哪談得上玩鑽石？也不知道洪五爺怎麼突然高興起來，說是我有這麼一個好友為什麼不送點珍貴東西給人家呢？我笑著說我送不起，這話當然也是實情。你猜他怎麼說，你會出於意外。他說，假如能證明你是送那朋友的話，他和我合夥送。」魏太太道：「送你哪個朋友？」范寶華笑道：「你猜猜吧，我這位朋友是誰呢？我希望你不要錯過機會，你要來。」魏太太笑道：「你可不要騙我。」范寶華道：「我騙你一回有什麼用處，第二次有真話對你說你也不相信的了。」魏太太低頭想了一想，因道：「好吧。我十二點多鐘來吧。我現在有點事要去辦，不能多說話了。」說畢，她還向范寶華微微一笑，然後走去。

她心裡本來是擱著一個丈夫受難的影子，急於要到看守所去看看，可是聽了老范這番報告以後，腦子裡又印了一個鑽石戒指的影子，她匆匆地向看守所跑了去。到了門口，平常的一座一字土庫牆門，只是門口掛著一塊看守所的直立牌子，牌子下面，站著一個扶的警衛，這就給人一種精神上的威脅，老遠的就把走路的步子放緩了。到了警衛面前，就緩緩地向前兩步，先放了一陣笑容，然後低聲道：「我要進去探望一個人。」警衛道：「探望犯人嗎？你先到傳達處去說罷。」說著，將手向門裡一指。

魏太太到了傳達處，向那裡人說明了來意，由他引著進了一重院落，在登記處填了一頁表格，那坐在辦公桌上的辦事員，是個年紀大的人，架起老花眼鏡，將她填的表格看了一看，然後低下頭，把視線由眼鏡沿上射出來，向魏太太臉上身上看了來。這個姿態，最不莊重，她對這個看法，雖然很不願意，可是也不便說什麼。那老辦事員將她打量了三四次，然後寫了個字條，蓋上圖章，放在桌子角上，向她面前一推，再低了頭，在眼鏡沿上斜向了她望著，因道：「拿了這個去等著，回頭有人叫你。」

魏太太進得門來，腦筋裡先就有三分嚴肅的意味，存在心頭上。這時看了小辦事員都很有點威風，她想著俗傳人情似鐵，官法如爐的八個字，那是一點不假。那小辦事員看人的姿態，雖然相當滑稽，但是他臉上沒有一點笑容，也就不說什麼，拿過那張條子走了出來。這辦公室外，是一帶走廊，一列放了三四條長板凳。她走出來，有一位警士指著凳子道：「你就在這裡坐著等吧。」

魏太太是生平第一次到看守所，又知道司法機關，一舉一動，都是要講著法律的，人家叫怎麼做，自己就怎麼做，她在板凳上坐著，左右兩邊看看，見左邊坐著兩個女人，都是穿著八成舊的衣服，面色黃黃的蓬了滿後腦的頭髮。這樣，她當然不願意去和她們說話。右邊有個老頭子，也是小生意人的模樣。她覺得這些人若是探監的，恐怕所探的犯人，也不會怎樣的高明，還是少開腔吧。默然地坐了約半小時，便夾著皮包站起來散步，沿著走廊走了兩個來回，見來往的警士，對自己都看了一下，心裡想著：大概是亂走不得吧？於是又坐了下來。自己已經移過去兩尺路，大概已不是一兩小時了。她微微地站起來，看到警察還在身邊走來走去，她又坐下去了。

過了十來分鐘，過來一個警察，大聲叫著田佩芝。她站起來，那警士向她點了兩點頭。她看到這裡的人，臉上全是不帶笑容的，她見人點頭，也就跟著他走去。那警察引著她走，先穿過一間四面是牆壁的屋子，然後遇到一個木柵欄門，門邊就站有一位警察。引路的警察，報告了一聲看魏端本的，那守門的警察，就伸著手把填寫的探視犯人單子，接過去看了一看，然後才開著柵欄門，將魏太太放進去。她走進去之後，那柵欄門立刻也就關起來。她回頭看了一下，倒不免心裡連跳了幾下。雖明知道自己並不會關在看守所裡的，但是這柵欄門一關閉起來，她心裡就不免怦怦亂跳幾下。但是她極力鎮靜著，鎮靜得將走路的步子都有了規定的尺寸。

她經過了一條屋外的小巷子，到達一個小天井，這裡的房屋，雖都是矮小的，但靜悄悄的一點聲音沒有，好像是到了一幢大廟裡。那護送的警士，就在屋簷下叫了聲魏端本。隨著這聲叫，東邊牆角下的小屋，在木壁上推開了尺來見方的一扇木板窗戶，魏先生由裡面伸出來。

魏太太一見，心裡一陣痠痛，眼圈兒先紅了。原來兩天不見，他那西式分發，像乾茅草似的堆在頭上，眼眶兒下落，臉腮尖削，長了滿臉的短鬍渣子。頸脖子下面，那灰色制服的領子，沿領圈有一道漆黑的髒跡。她走近了窗戶邊，翻著眼睛望了他，還不曾開口呢，魏端本就硬著嗓音道：「你，你今天才來？我時時刻刻都在望你呀？」

魏太太再也忍不住那兩行眼淚了，呼叱呼叱地發著聲，將手托著一條花綢手絹，只管擦著眼淚，半低了頭靠著牆壁站定，她只有五個字說出來：「這怎麼辦呢？」魏端本道：「我完全是冤枉，不但黃金，連黃金儲蓄券的樣子，我也沒有看見過。昨天已經過了一堂，檢察官很好，知道我沒有得著一點好處，我完全是為司長犧牲。我沒錢請律師辯護，聽天由命吧。」說畢，長長地嘆了一口氣。魏太太遲到今天才來探望，本來預備了許多話來解釋的，現在卻是一句話說不出來，只有呆呆站著擦著眼淚。

第四回　鑽石戒指

女子的眼淚，自然是容易流出來的，可是她若絲毫沒有刺激，這眼淚也不會無故流出來。魏端本現在這副情形下，讓太太看到了，自己也就先有三分慚愧，太太只是哭，這把他埋怨太太探訪遲了的一分委屈，也就都丟得乾淨了。兩手扶著窗戶臺，呆了一陣子，兩行眼淚，也就隨著兩眉同皺的當兒，共同地在臉腮上掛著。尤其是那淚珠落到一片黑鬍渣子上，再加上這些縱橫的淚痕，那臉子是特別地難看了。

魏太太擦乾了眼淚，向前走了兩步，這就向魏先生道：「並不是我故意遲到今日，才來探視你。實在是我在外面打聽消息，總想找出一點救你的辦法來。不想一混就是幾天。」魏端本心裡本想說，不是打牌去了？可是他沒有出口，只是望著太太，微微地嘆了一口氣。

魏太太道：「你不用發愁，我只要有一分力量，就當憑著一分力量去挽救你。你能告訴我怎樣救你嗎？」魏端本道：「這事情你去問我們司長，他就知道，反正他不挽救我出來，他也是脫不了身的。」

魏太太到了這時，對先生沒有一點反抗，他怎麼說就怎樣答應。魏端本叫她照應家務，照應孩子。他說一句，魏太太就應一句。說了一小時的話，魏太太答應了三十六句你放心，和四十八句我負責。最後魏端本伸出手來和她握了一握。

魏太太對於魏先生平常辦事不順心的那番厭惡，這時一齊丟到九霄雲外去了。這就黯然點了兩點頭。她的眼淚水，在眼睛眶子裡就要流出來了。可是她想到這眼淚水流出來，一定是增加丈夫的痛苦，因之極力地將眼淚挽留住，深深地點了個頭道：「你……」

她順著要保重的兩字說出來時，她覺得嗓子眼是硬了，說了出來，一定會帶著哭音，因之把話突然停止了。掉過頭去，馬上就走，但是走了三四步，究竟不肯硬了心腸離開，就回頭看上一次。她見魏端本直了兩隻眼睛的眼神，只是向自己這裡看了來，這就不敢多看了，立刻回轉頭去又走。這次算走遠點，走了五六步，才回過頭來。但當她回過頭來，魏先生還是那樣呆望，她當然是不忍多看，硬著心腸，就這樣地出了院子。

她心裡似乎是將繩索拴了一個疙瘩，非用剪刀不能剪開，又像胸裡有幾塊火炭，非用冷水不能潑息，但是她沒有剪子和冷水來應用，只有默想著趕快設法，把丈夫營救出來吧。除了丈夫，誰還是自己的親人呢？她懷了這分義憤，很快地走出看守所。

她心裡也略微有些初步計劃，覺著要找個營救丈夫的路線，只有先問問陶伯笙，再問問參與祕密的司長。若是這兩個人肯說出營救辦法來，第二步再找得力的人。她打定了主意，很快地回家。她還不曾走到自己家裡呢，就看到陶先生住的雜貨店門口，站了一群人，而且是有男有女。其中一個女的給予自己的印象很深，那就是上次鬧抗戰夫人問題的何小姐。

何小姐穿了件半新舊的藍布長衫，臉子黃黃的，頭上雖然是燙髮，恐怕是多時未曾梳理蓬亂著垂到後肩上。陶氏夫妻和兩個穿西裝服的男子將她包圍了說話。

魏太太走向前去，只和她點了個頭，還未曾開口，那何小姐倒是表示很親切的樣子，帶著幾分愁容道：「魏太太，你看我們作女人的是多麼不幸呀。人家需要我們，就讓我給他洗衣燒飯，看守破家。人家不需要我了，一腳踢開，絲毫情義都沒有了。沒有情義，也就罷了，而且還要說我不是正式結婚的，沒有法律根據。」陶太太擠向前來，咦了一聲道：「我的小姐，你怎麼在街上說這種話？有理總是可以講得通的，到屋子裡去。我們慢慢說，好不好？」何小姐冷笑道：「屋子裡說，就屋子裡說。走吧。」他們男男女女，一窩蜂地走進雜貨舖子裡去了。

魏太太站在屋簷下出了一回神，覺得這雖是可以參考的事，但是自己丈夫在看守所裡，正需要加緊挽救呢，哪裡有工夫管人家閒事，正是這樣地出著神呢，一位穿西服的男子，陪著一位穿制服的男子，匆匆地走到這門口來。那穿制服的男子，站住了腳，就不肯向裡走。穿西服的道：「張兄，我勸你不要猶豫，還是去見她把話說明吧。只要她肯低頭，你夫人那裡我們作朋友的好說。反正只要你居心公正，何小姐也不能提出太苛刻的要求。」

張先生聽了他朋友的說話，臉色板得極其難看。他說：「老實講，原來我是偏袒著姓何的，可是她提出來的條件，教我無法接受。我內人千里迢迢地冒著極大的危險，帶了兩個孩子來投奔我，她並沒有什麼錯處。叫我不理她，這在人情上說不過去。何況我有太太她是知道的，根本我沒有欺騙她。現在她要否認我有太太，把重婚罪加到我頭上，那簡直是跡近要挾。我是個窮光蛋，在社會上也沒有絲毫位置，她愛怎麼著，就怎麼著。反正我和她沒有正式結婚，法律上並沒有什麼根據。哼！她就要到法院裡去告我，也告我不著。」

魏太太聽了這最後的一句話，不覺怒火突發，心想，這個人怎麼這樣厲害！抗戰夫人，就是這樣不值錢！原來的太太，口口聲聲內人和太太，抗戰夫人，變成了姓何的。這抗戰夫人完全是和人家填空的，這未免是太冤枉了。回到家裡坐在椅子上呆想了一陣，覺得自己的身世完全是和何小姐一樣。抗戰勝利，是一天接近一天了，可能是一年到兩年之間，大家就要回到南京。那個時候，和魏端本爭吵呢？還是和魏端本那位淪陷夫人爭吵呢？自己一般是和何小姐一樣，是沒有法律根據的。想著想著，她的臉皮子紅了起來，將一隻手託了自己的臉腮，沉沉地想著。

就在這時，有個人在外面大聲叫了問道：「這是魏先生家裡嗎？」魏太太聽那聲音，卻是相當陌生，而且還夾雜著一點南方口音，並非熟人。她先問了聲哪位，自己就迎了出來，看得是一位三十多歲的中年人，頭上沒戴帽子，頭髮梳得溜光，身上一套灰嗶嘰西服，卻是穿得挺括的。他看見她，先點了頭道：「是魏太太嗎？」她也點著頭。問聲貴姓？他道：「我姓張，是……」他將聲音低了一低，然後接著道：「我和魏兄同事。」

魏太太將他引到外間房子坐了，先皺了眉道：「張先生，你看我們這種情形，不是太冤枉了嗎？」張先生對魏太太看了一看，見她穿得非常樸素，又是滿臉愁容，也有三分同情她，便點點頭道：「有確是冤枉，我也特為此事而來。司長說，這件事，是非常對不住魏兄，也對不住劉科長。不過這件事是大家有禍同當的。魏劉二人一天不恢復自由，他的事情就一天不了。關於那筆公款的事情，司長已經完全歸還了。只要機關裡向法院去封公事，證明公家並沒有損失，大不了是手續錯誤，受些行政處分。大概有個三五天，機關方面，一定會把魏先生保出來。至於魏太太的生活，司長想到了一定是有問題的。現在兄弟帶了一點小款子來，請魏太太先收著。」說著，他在西服袋裡，掏出一張十萬元的支票，雙手送到魏太太的面前。

魏太太對於這麼一個數目的款子，那是老實不看在眼裡了。她隨手放在桌上，淡淡地笑道：「這倒是承著司長關心。不過我的困難，還不在暫時的生活。人關起來了，根本生活就要斷絕。而且……」張先生不等她說完，站起來連連搖著手道：「不會那樣嚴重。你放心得了。一半天我再來奉訪，有什麼好消息，我就來告訴你。」魏太太道：「假如請律師的話，我可負擔不起。」張先生連說用不著，就走出去了。

魏太太本來也覺得營救魏先生是一部廿四史無從說起。現在有了可以保釋的消息，她倒是心上一塊石頭落地。先把那張支票，放在手提皮包裡。然後又坐著想了一想，當她正沉思的時候，那手錶裡面的針擺聲吱咯吱咯響著，向耳朵裡送來。她隨了這響聲，向手錶一看，已是十一點三刻了，這讓她想起范寶華的約會，約定十二點半鐘可以到他家裡去拿鑽石戒指。這戒指既說的是洪五爺和范寶華共同送的。也說洪五爺也參加這個約會。這樣有錢的闊人，為什麼不和他認識。

她這樣想著，立刻起身到廚房裡去打盆水來，站在梳妝臺面前洗臉，把婦女的輕重武器，如三花牌香粉、唇膏、美國雪花膏、蔻丹、胭脂膏之類，一件一件地羅列到桌上，然後對了鏡子，按部就班地，在臉上施用起來。

她得了范寶華那筆資助，已經是作了不少新衣服，臉子上脂粉抹勻之後，她就打開衣箱來，挑了一件極鮮豔的衣服穿著，此外是連皮包皮鞋，一齊撇了新的。自然，這也就是范寶華的錢所做的。她並沒有感到將人家送的穿著，又送給人家去看，那是表現出了人家的恩惠，相反的，她以為這種表現，正是表示自己不埋沒人家的好感。因之她收拾停當之後，立刻坐了人力車子，就奔向范寶華家來。

她為了她要守約有信用，走到范家門口，就把手錶抬起來看看。時間是湊合得那樣好，不過是十二點二十五分，與原來約定的時間還差著五分呢。她進門來，正好范老闆隔了玻璃窗子向外面探望。在兩小時以前，他看她還是面皮黃黃的，穿了件藍布大褂。現在她可是桃花一樣的面孔。她身上穿件紫色藍花織錦緞的長衣。這在重慶，還是一等的新鮮材料，真是光彩奪目。

他心裡一陣高興，馬上由屋子裡笑著迎了出來，走到她面前低聲道：「洪五爺早就來了，他還怕你失信，我說，你向來不失信的。」魏太太這就站住了腳，半扭轉身子，作個要向外走的樣子。范寶華伸手一把將她袖子扯住，問道：「你這是什麼意思？」魏太太道：「我不願意見生人。」范寶華道：「怎麼會是生人呢？我們不是同在一處，吃過一頓飯嗎？」魏太太將一個塗了蔻丹的紅指甲食指，伸在下巴頦上抵著，垂著眼皮，沉思了幾秒鐘，於是低聲笑道：「我倒是不怕見生人。不過我有個條件，你在姓洪的當面，不能胡亂說，又占我的便宜。」范寶華笑道：「我占便宜，也不要在口頭上呀。進去吧進去吧。」說著，他大聲報告，田小姐來了。

魏太太為了鑽石戒指而來，沒有見到鑽石戒指，她怎樣肯回去？主人既是大聲報告了，她也就隨了這報告向裡面走。洪五爺見范寶華迎了出來，他也是隔了玻璃窗戶偷著看的，這時，已經魏太太向裡走了，也就站起來迎接。客人是剛進客廳門，他就笑著先彎下腰了。連說田小姐來了，歡迎歡迎。

魏太太雖覺得這歡迎兩個字很是有些刺耳，可是她願認識洪五爺之處，卻把這些微不快，沖淡下去了。這就笑向洪五爺道：「我什麼也不懂得，有什麼可歡迎的呢？」洪五爺笑道：「天下的英雄名士美人，都是山川靈秀之氣所鍾，得見一面，三生有幸，怎麼不可歡迎呢，請坐請坐！」他說著話，還是真表示著客氣，將沙發椅子連連拍了幾下，那正是表示他十分的誠懇，給田小姐撣灰。

魏太太含著笑，在沙發上坐下，洪五爺立刻拿出菸盒與打火機，向她敬著菸。她笑著將手擺了幾擺，說聲謝謝。她那細嫩雪白的手，十個指甲，都染著紅紅的，伸出來真是好看。雖然她的手腕上，還帶著一隻金鐲子，恰是十個指頭都光光的，並沒有任何種類的戒指。這時兩個男子，斜坐在魏太太對面，隔了一張小茶桌，他們除看到她全身豔裝之外，而不斷的濃厚香氣，兀自向人鼻子裡送了來。

洪五爺這就向她笑道：「田小姐，你是不是和重慶其他小姐們一樣，喜歡走走拍賣行？」她笑道：「那恰恰相反，我最怕走拍賣行。」洪五爺望了她道：「那是什麼原因？在重慶要想買而又買不到的東西，只有到拍賣行裡去可以買到。你為什麼怕去得？」她笑道：「原因就在這裡。買不到的東西，誰都看了眼熱。可是沒有錢買，那可怎麼辦呢？想買的東西沒有錢買，多看一眼，不是心裡多饞一下嗎？」

洪五爺笑道：「原來如此。我想，小姐們最喜歡的東西，無非是化妝品衣料首飾等類。我現在倒在拍賣行裡找了兩樣小姐們所心愛的東西，不知道田小姐意見如何？」說著，他在西服口袋裡掏摸了一陣，摸出兩個小錦裝盒子來，那盒子也都不過是一寸見方。他首先打開一隻盒子蓋來，露出裡面綠色的細絨裡子，盒子心裡，一隻金托子的鑽石戒指，正正噹噹地擺在中間。那鑽石亮晶晶的，光芒射人眼睛，足有老豌豆那麼大。

魏太太看到時，心裡先是一動，暗地裡說，真有這東西送給我？她隨了這目光所至，不由得微笑了一笑。洪五爺趁著她這一笑，把盒子交到她手上，笑道：「你看這東西真不真？」魏太太笑道：「你五爺看的東西，那還假得了嗎？」洪五爺受了她這句恭維，心中大為痛快，雖明知道是敷衍語，可是只要她肯敷衍，那就是友誼的開始。這就起著身子，向她點了頭道：「田小姐這話太客氣。要賞鑑珠寶玉器，那還是漂亮小姐的事。」

魏太太將那小錦裝盒子捧在手上，對著眼光細細看了一番，對洪五爺愛理不理的，用迂緩而很低微的聲音答道：「這也關乎人之漂亮不漂亮嗎？」洪五爺大聲笑道：「那是當然啦。只有漂亮小姐，她才配用珠寶首飾。也只有配用珠寶首飾的人，她才能分辨出珠寶真假。田小姐，你再看看這個。」說著，他又把那個錦裝盒子遞過來。這盒子的裡子，是深紫色細絨的，早是鮮豔奪目。在這紫絨正中間，凹進去一個小洞，嵌著一隻戒指金托子，正中頂住一粒鑽石，那面積比先看的還要大。雖夠不上比一粒蠶豆，卻不是一粒豌豆。只稍稍地將盒子移動著，那鑽石上的光彩，卻在眼光前一閃。情不自禁地笑道：「這粒鑽石更好。」說著，又點了兩點頭。

洪五爺道：「這粒大的呢，和賣主還沒有講好價錢，也許明後天可以成交，我先請田小姐品鑑。既是田小姐讚不絕口，我就決定把它買下來罷，至於那個小的，我已經和老范合資買下來了。小意思，奉送給田小姐。」魏太太雖明知道這鑽石戒指拿出來了，姓洪的一定會相送，但彼此交情太淺了，一定要經過姓范的手，輾轉送過來。不想他單刀直入，一點沒有隱蔽，就把禮品送過來。憑著什麼，受人家這份重禮呢？而況還在范寶華當面？這就向他二人笑道：「那我怎麼敢當呢？」洪五爺笑道：「又有什麼不敢當呢？朋友送禮，這也是很平常的事。」

魏太太將那個較小的錦裝盒子捧在手上掂了兩掂，眼望了范寶華微笑：「這不大好吧？」范寶華道：「不必客氣，五爺的面子，那是不可卻的。」魏太太只管將那小盒子在手上轉動地看著，對那粒鑽石，頗有點兒出神，因道：「我可窮得很，拿什麼東西還禮呢？」洪五爺架了腿坐著，將菸斗裝上了一斗菸絲，擦了火柴，將菸嘴子塞到嘴裡吸著，然後噴出一口煙來笑道：「田小姐若是要還我們禮物的話，什麼都可以，哪怕給我們一張白紙，我們都很感謝。」

魏太太將肩膀扛著，微閃了兩閃，笑道：「送一張白紙就很好，那太容易，就是那麼辦。」洪五爺笑道：「白紙上帶點圖畫，行不行？」魏太太笑道：「我不但不會畫，連字也不會寫。」洪五爺道：「若是田小姐有現成的相片，送我一張，那人情就太大了。」

范寶華沒想到洪五爺交淺言深，居然向人家索取相片，很快地在這男女兩人臉上看了一下。姓洪的絲毫沒有什麼感覺，架了腿自吸他的菸斗。魏太太的臉色，卻閃動了一下。可是她被那兩粒鑽石戒指征服了。她除了已得著一粒鑽石而外，還有一粒鑽石，她有很大的希望，她雖然覺得洪五爺的話，說得太莽撞，可是前三分鐘才接受下人家幾十萬元的珍重禮物，還不曾想到感謝的辦法呢，沒法子可駁人家。她抬頭看那姓洪的坐在那裡舒適而又自然，似乎他沒有想到那是越禮的話。文明一點，人家要一張相片，也不見得就是失態。她頃刻之間，腦筋裡轉動了幾遍。最後就向善意方面揣想，那些電影明星名伶，不問男女不都也是向人送相片嗎？還有那些偉人，不都也是把相片送人，當了最誠懇的禮物嗎？越想是越對。她心裡想，口裡雖有好幾分鐘沒有答覆洪五爺的話，但是她臉上，始終是笑著的。

洪五爺復又緊迫了一句道：「田小姐不肯賞光嗎？」她聽了這賞光兩個字，似乎是雙關的。一方面說是不肯送相片，一方面也可以說是不收受那鑽石戒指，那可有些愚蠢，這就立刻笑道：「相片倒是有幾張，都照得不好。」洪五爺笑道：「憑著田小姐這分人才，無論照出怎樣的相來，也是數一數二的美女圖。我們很希望你不要妄自菲薄呀。哈哈！」他一聲長笑，昂著頭在椅子靠背上躺了下去。

魏太太兩隻手各拿了一隻錦裝小盒子，只管注視地玩弄著，正在出神呢，范寶華得意的用人吳嫂，正送著一玻璃杯子清茶出來了。她將茶杯放在魏太太面前，也就看到了那盒鑽石戒指，喲著笑了一聲道：「金剛鑽！田小姐買的？怕不要好幾十萬吧？」

洪五爺見她胖胖的臉，抹過了一層白粉，半長頭髮，梳得一根不亂，在後腦勺挽了個半月形，身上穿的那件半新藍布大褂，沒有一點皺紋，便向她笑道：「老范用的這吳嫂，真是不錯，你是幾輩子修的。不但乾乾淨淨，而且也見多識廣。她並沒有把鑽石認錯為玻璃塊子。」吳嫂站在魏太太椅子後，向客人笑道：「沒有戴過，聽也聽見說過嗎！於今的重慶，不像往日，啥子傢伙沒得嗎！」

洪五爺點點頭道：「此話誠然。不過下江究竟有下江風味，不能整個兒搬到重慶來。將來抗戰勝利，范先生要回下江，你和他管理家管慣了，他沒有了你，那是很不方便的。你能不能也到下江去呢？而且他又沒有太太，到下江去安家，沒有你幫著也不行。」吳嫂聽了這話，將她大眼睛上的眼皮下垂著，臉上泛出了一陣紅暈。笑道：「我郎個配？」

五爺道：「你老闆不許你出川嗎？」吳嫂一擺頭道：「別個管不到我，哪裡我也敢去。一個男子養不活女人，還配管女人嗎？我就願像田小姐一樣，要自由。田小姐，你說對不對頭？」魏太太很覺得她的話有些不倫不類，可是又不便說什麼。只是點頭微笑。洪五爺本也就猜著魏太太是哪路人物。經吳嫂這樣一說，就更猜她是一朵自由之花了。

第五回　心神不定

范寶華自袁小姐脫離之後，一切太太的職務，都由吳嫂代拆代行。雖然他還緊緊地把握了主人的身分，投有讓吳嫂向主人看齊，可是范家再來一位和袁小姐相等的，她就會把整個兒所得的權利被取消。現在眼面前的田小姐，就有著這樣候補的資格。因之她看到了田小姐，心裡就平添了一種不痛快。雖然魏太太給她許多好處，可是這些小仁小惠，掩蓋不了她全盤的損失。這時，她見洪五爺過分地看得起田小姐，很有點川人所謂的不瞭然，這就在言語上故意透露一點田小姐的身分。可是這個計劃，她失敗了，姓洪的正是不需要這位小姐身分過於嚴肅。他對田小姐臉上看看，又對吳嫂臉上看看，覺得她們的臉上都紅紅的有些不正常，便笑道：「自由都是好事呀！人若沒有自由，那像一隻鳥關在籠子裡似的，有什麼意思。」

吳嫂站在椅子背後，臉上微微的笑著，不住地抬起手來撫摸著頭髮。她那嘴唇皮顫動著，似乎有話要說。范寶華恐怕她說出更不好的話來，便向她笑道：「菜作得怎樣了？別讓洪五爺老等著呀，恐怕洪五爺肚子餓了吧？」說著將眼望了她，連連地向她點了幾點頭。吳嫂抬起手來，又摸了幾下頭髮，還站著出神不肯走去。

洪五爺也就會悟了范寶華的意思，這就向吳嫂點著頭道：「對的，我的確肚子餓了，你請快點作飯來給我吃罷。我不會忘記你的好處。當然我不會送金剛鑽，可是比這公道一點的東西，我還是可以送你。」吳嫂聽了這話，身子閃了一閃，嗤的一聲笑了。范寶華笑道：「五爺說話是有信用的。你不是很欣慕人家穿黑拷綢衫子嗎？我給你代要求一下。今天這頓午飯的菜，若是五爺吃得合口的話，就由五爺送你一件拷綢長衫料子。工錢小事，那就由我代送了。」

吳嫂對這拷綢長衫，非常的感到興趣，姓范的這樣說了，姓洪的又這樣說著，她覺得這個希望是不會空虛的，又向在座的人嘻嘻一笑，范寶華笑道：「得啦，就請你去作飯罷。」吳嫂在臉上掩不住內心的歡喜，笑著眉毛眼睛全活動起來，扭著身子就走，走到進裡屋的門，還用手扶著門框，回轉頭來看了一看。

魏太太對於吳嫂的行為本來有一種銳敏的覺性，現在見她一味地在說話和動作上，表現了酸意，臉上鎮定著，且不說什麼，心裡可在暗笑，你那種身分，和你那分人才，也可以和我談自由嗎？心裡有了這麼一點暗影，就對於吳嫂更有點放不下去。這就望了范寶華道：「你家裡上上下下，粗粗細細，全是吳嫂一個人，我一到這裡來，你就留我吃飯，把人家累一個夠，我心裡真有點過意不去。」

洪五爺笑道：「田小姐，你這叫愛過意不去了，老范花錢雇工，就為的是這些粗粗細細要人做。若說有客來要她多做幾樣菜，那是我們給她的面子，也是給老范的面子，要不然的話，重慶市面上，大小館子有的是，我們稀罕到老范這裡來吃這頓嗎？」范寶華被洪五爺搶白了一頓，他並不生氣，反是笑嘻嘻的。因點頭道：「的確如此，我以為洪五爺肯到我這裡來吃頓便飯，我的面子就大了，怎麼樣也不可以讓這榮譽失掉。」

洪五爺手握了菸斗，將菸斗嘴子，向范寶華指著，因道：「你這傢伙，就得我制服你。田小姐，你不知道，老范他少不了我，過去每作一票生意，都得我大幫忙。我為人是這樣，無論什麼事要禍福同當。朋友缺少資本的時候，要大家拿錢，大家就得拿出來，若是生意蝕了本，那不用說，賠本大家賠，反過來，賺了錢呢，那也不能獨享，得拿出來大家分著用。今天我就替你敲了老范一個竹槓，讓她和我合資送你一枚鑽戒。其實他不應當讓我提議，也不應當讓我分擔資本。你要知道，他這次賺錢可賺多了。分幾個錢出來，買點東西，送朋友，那有什麼要緊？」

魏太太覺得這些話，很讓姓范的難堪。自己反正是得著了人家的禮物了，還有什麼可說的呢，因笑道：「誰給我的禮物，我就感謝誰，你二位送這樣貴重的禮品給我，我只有感謝，什麼我也不能說。」她這樣說著，分明是給范寶華解圍的，可是范寶華竟不攬這分人情，他笑道：「五爺說的是實話，我是太忙，沒有想到送禮這些應酬事件。你若是要道謝的話，還是道謝五爺吧。」說著，抱了拳頭連連的向洪五爺拱著幾下手。

魏太太抿了嘴笑著，只是看看手上的兩盒鑽石戒指，洪五爺笑道：「田小姐對那個大些的鑽石戒指，似乎很感到興趣。今天下午，或者明天上午，我可以見到賣主，只要他肯賣，我一定不惜重價買下來。」她聽到洪五爺這口風，分明是送禮送定了，為著表示大方一些，便笑道：「那我也顯得太得寸進尺了。」說著，將那裝著大粒鑽石的，遞到洪五爺手上，然後把手皮包打開，將那小鑽石放進去。同時，笑向洪范兩人道：「那我就拜領了。」

洪五爺笑道：「不成敬意。不要說這些客氣話，多說客氣話，那就顯得友誼生疏了。」她心裡想著，統共才見過兩面，難道不算生疏，還要算親密嗎？可是她口裡卻不敢否認洪五爺的話，點點頭道：「好，我就不說客氣話。其實我根本不會說話，說出來不對，倒不如不說了。」

洪五爺笑道：「不要說這些客套話了。說多了客氣話，耽誤了正當時間。我們談些有趣味的問題罷。」說著，他將身子向椅子背上靠著，將架起的那隻腿，不住的顛動，然後將菸斗嘴子放在嘴裡吸著，眼睛斜望了魏太太只是發笑，笑得她紅了臉怪不好意思的，便站起來，抬著手臂只看手錶。范寶華恐怕她走了，因也站起來笑道：「再寬坐一會，飯就要好了。」

魏太太雖然有點不好意思，但是看到洪五爺手上，還拿著那個鑽石戒指的小盒子，這就覺得無論如何，不能得罪人家。因笑道：「我當然不會走。連五爺都說吳嫂的菜作得好呢，我也到廚房裡去幫著點，洗好筷子，灶裡塞把火，這個我總也會吧？」說著，她真的走向廚房裡去了。

洪五爺靠了椅子背坐著，半歪了身子，向魏太太的去路望著，笑道：「這個人兒很不錯，你是怎樣認識的？」范寶華道：「是賭場上認識的。這位小姐，特別的好賭。」洪五爺道：「我看她也是這樣。」說著微微一笑。他們所交換的情報，也只能說到這裡，那位下廚房的魏太太可又走了出來了。不過這樣一來，洪五爺已抓住了魏太太的弱點，他就故意地談些賭經。

魏太太事先是沒有怎樣的理會，後來洪五爺談得多了，她也就情不自禁的，向洪五爺笑道：「五爺的手法，一定是高妙得很吧？」他笑道：「你怎麼知道我的手法高妙呢？」魏太太道：「那有什麼不知道的，打唆哈就是大資本壓小資本。越是資本大的人，越可以贏錢。」洪五爺笑道：「這樣說，你是說我有錢了。」魏太太笑道：「我這也不是恭維話吧？」她是架了兩條腿坐著的，這時，將兩隻腳顛了幾顛。

顛的時候，將身子也搖動了。

洪五爺看她那份樣子，心裡就十分地歡喜了，只是嘻嘻地笑著。他似乎還有什麼要說，恰好是吳嫂出來招呼吃飯，大家才算止了話鋒。當然，有洪五爺在座，這頓飯菜是很好的。

飯後，吳嫂熬著一壺很好的普洱茶，請主客消化他們腸胃裡的東西。洪五爺手上端著茶杯，慢慢地喝茶，卻抬起頭來對玻璃窗子外的天色看了一看。因笑道：「今天天氣很好，若是早兩年，我們又該擔心警報了。這樣好的天氣，我們應當怎樣的消遣一下才好。老范，你的意下如何？」

范寶華笑道：「這樣好的天氣，我們若是拖開桌子打它幾小時的牌，那不是辜負了這樣好的天氣嗎？我們最好是到南岸山上去遊覽兩小時，隨便找個鄉下野館子，吃它一頓晚飯。」

洪五爺點點頭道：「這個辦法很好，吃了晚飯以後呢？」他說著，就聳動著嘴唇上的鬍子，微微地笑了。范寶華笑道：「文章就在這裡了。晚飯後，我們找個朋友家裡，我們打它兩小時的唆哈，這一天就夠消遣的了。」

魏太太聽了這話，答應著跟了去，自然是十分不妥，知道人家遊山玩水，遊玩到哪裡去？不答應跟了去，剛剛收了人家一枚鑽石戒指，怎樣就違拂了人家的意思？而況人家還有一枚更大的鑽石戒指要送，還沒有送出來呢。若是違拂了人家的意思，這枚戒指還肯送了來嗎，她這樣地沉思著，就不知道怎樣去答應這個問題。坐在長的仿沙發籐椅子上，兩手抱了皮包，在懷裡撐著，慢慢地作個要起身而不起身的樣子。

洪五爺笑向她道：「田小姐怎麼樣？能參加我們這個集團嗎？」魏太太聽到這話，索性就站起來了。因微笑著道：「有這樣有趣的集團，我是應當參加的，不過我今天上午就出來了，家裡還有兩個孩子，我得回去看看。」

洪五爺道：「家裡沒有老媽子看顧著他們嗎？」她道：「雖然有老媽子，她也不能成天成晚地帶著他們啦。我家裡就是一個人，難道洗衣服燒飯，她都不去過問嗎？」洪五爺偏著頭想了一想，因道：「田小姐回去一趟，那倒也無所謂，回頭我們到哪裡聚會呢。」魏太太笑著搖了兩搖頭道：「過山過水，到南岸去賭夜錢那大可以不必了，依著我的意思，還是改個日子罷。」

洪五爺聽她的話，已是不反對共同賭錢了，這就笑道：「打牌是個興致問題，既是提起了這個興致，那就不能間斷。田小姐若是嫌過江過河晚上不大方便，那麼我們今天晚上，就到朱四奶奶家裡去唆哈兩小時。對於朱四奶奶，也無須客氣，我打個電話給她，叫她預備晚飯。」魏太太在未認識朱四奶奶以前，是隨便在些小戶人家賭，除了看那五張牌，實在沒有什麼享受。自到了朱四奶奶家賭錢以後，這才享受到高等賭錢的滋味，洪五爺一提到她，就先感到興趣了。因笑道：「這個地方，倒是可以考量，不過朱四奶奶並沒有邀請我們，我們可以隨便的就去嗎？作客人的，也未免太對主人有些勉強了。」

洪五爺笑道：「對別人我不能代他的勉強，朱四奶奶和我是極熟的人，就是她不在家，我跑到她家去代作主人，她也沒有什麼話說。這是什麼緣故，那我不必細說。我們多到她家去玩幾回，你自然就明白了。」他說著這話，小鬍子又在上嘴唇皮子上，連連地聳動了若干次，那正是他笑得樂不可支的情態。魏太太也抿了嘴對他微笑，她微笑的時候，烏眼珠子微斜著，兩道長眉，不免向兩面鬢角下舒展。范寶華已很知道她是高興了。便笑道：「你就在五點鐘左右，直接到朱四奶奶家裡去罷。資本一層不必介意，有五爺在座，大可幫忙。」

洪五爺笑道：「我不推諉這個責任，不過有你范老闆在座，你也不能不加上一點股子吧？」范寶華笑道：「我第一句話就失言了。難道田小姐上場就輸？最好是她不帶資本上場就行。」魏太太道：「不管怎麼著，能抽空，我就到朱四奶奶家去看一趟罷。你們不必等我。」說著，她含笑向洪五爺點了個頭就出門了。

她在作小姐的時候，就羨慕著人家的鑽石戒指，不但是家庭沒有那樣富有，沒力量預備，就是父母的力量可以辦到，也不許可小孩子佩戴這種東西。現在於無意中就得了這麼一個，而且還有一個更好的，也有可得的希望。她高興極了，高興得忍不住胸中要發出來的笑意。她只是抿嘴，把笑容忍住在嘴裡。但是她在路上走著，心裡決忘不了這件事。

她走著走著，就將皮包打開，取出戒指盒來，把戒指取著，就在左手的無名指上。她將手橫著抬起來時，日光正好由上臨下，手一側，立刻有一道晶光在眼前一晃。戴鑽石的人，花了幾十擔米的錢，換一粒小豆子，就是為了這個樂子。魏太太想不到自己從來沒有打算爭取這個樂子，而這個樂子，也自然地來了。她將小錦盒子收到皮包裡去，就這樣開始的戴著鑽石。

她立刻也就想到，戴鑽戒的人，一切都須相稱。幸是先得了老范一大批錢，把衣服皮鞋全製了個透新，要不然的話，還穿著舊衣舊鞋，拿著鑽石戒指，今天也不好意思戴了起來吧？她這樣地想著，就不免低了頭對她身上的衣服看著。織錦緞子夾袍美國皮鞋，這樣的衣服和身上的珠寶，的確是配合起來了。既然滿身富貴，那就不宜於走路了。正好路旁有幾部人力車子停著，這就挑了一部最乾淨的招招手叫到身邊來。自然不用和車伕講車價，坐上去，說了聲地方，就讓他接著走了。

她坐在車上，殊不像往日。平常是不覺得有什麼特殊之處的。今日對街上來往的摩登女子看著，臉上便現出了一番得色。心裡同時想著，我比你們闊得多，我帶有鑽石戒指，你們能有這東西嗎？尤其是看到幾個戴金鐲子的女子，存著一分比賽得勝的心理。金鐲子算什麼珍貴首飾？一定要有鑽石戒指，那才算是闊人。想到這裡也就不免抬起手臂來，對著手指上的戒指細細賞玩一番。賞玩過之後，又對街上走路的人看看，意思是不知他們看到自己的鑽石戒指沒有？

但車子快到家門口，她忽然有個新感覺，自己丈夫正在坐牢，自己穿得這樣周身華麗，人家會奇怪的。尤其是手指上帶著這麼一粒晶光奪目的鑽石戒指，更為引起人家的疑心。於是在懷裡將皮包打開，立刻取了幾張鈔票在手上，又脫下手上的戒指，放了進去，將皮包關上。她一想，別把這好東西丟了。再打開皮包，見鑽石戒指放在兩疊鈔票上，一伸右手，無名指又套起來。這個動作完畢，也就到了冷酒鋪門口了。

她下了車，將取出的鈔票，給了車錢，匆匆地走進店後屋子去。所以如此，不是別的，她覺得這一身華麗，在這日子，是不應當讓鄰居們看到的。進到屋子裡，見楊嫂橫倒在自己的床上睡著，兩個小孩子，將方凳子翻倒在地上，兩個人騎在凳子腿上。地面上撒了許多花生仁的衣子，和包糖果的紙。每人各拿了個芝麻燒餅在嘴裡啃，魏太太唶了一聲道：「楊嫂，你怎麼也不看看孩子，讓他們弄得這一身一地的髒，來了人，像什麼樣子呢？」

楊嫂一個翻身坐了起來，左手扶著床欄杆，右手理著鬢邊的亂髮，望了她笑道：「太太這一身漂亮，是去和先生想法子回來嗎？」魏太太臉上猶豫了一會子，答道：「自然是，這日子我還有心到哪裡去呢？趕快找把掃帚來，把這屋子裡收拾收拾罷。」她的男孩子小渝兒，看到媽媽回來，立刻跨下了凳子腿，撲向母親的身邊，伸手道：「媽媽，我要吃糖。」

魏太太見他那漆黑的兩隻手，立刻身子向後一縮，搖了手道：「不過來，不過來，我給你錢去買糖吃就是。」她說著，將不曾放下的皮包捧著打開來，在裡面取出兩張鈔票，交給楊嫂道：「帶他去買糖果，屋子裡讓我來收拾吧。」楊嫂帶著兩個孩子，她是十分感到煩膩的，但是要她作別件事情的時候，她又願意帶孩子了。接了錢，立刻帶著孩子走了。

魏太太要她走開，倒並不是敷衍孩子而買糖。她打開皮包，看到那個裝鑽石戒指的錦裝盒子，就急於要看那粒鑽石。因為在洪范兩人當面，必須放大器的樣子，不能仔細看。在路上坐車子的時候，也不能仔細看，以免露出初次戴鑽石的樣子。現在到了家裡，可以仔仔細細把這寶物看看了。這東西雖然總要給人看的，可是現在露出來，會有很大的嫌疑。因之先關上了房門，然後才由皮包裡取出小錦裝盒來。當然，這時候她的臉上，是帶一番笑容的。

可是當她將小盒子打開的時候，她不但收了笑容，而且臉色變得蒼白。因為那盒裡面，只有襯托鑽石戒指的藍綢褈子，卻沒有鑽石戒指。這事太奇怪了，這東西放在錦裝盒子裡，錦裝盒子，又放在皮包裡，皮包拿在手上，片刻也沒有放鬆，這有誰的神仙妙手，會把這鑽石戒指偷了去呢？她站著呆了一呆，忽然想起來了，坐車到門口的時候，曾經打開手提皮包來，給了車伕幾張鈔票的車錢，莫不是在門口給車錢把鑽石戒指拖著帶了出來了？她想到這裡答覆著是的是的，立刻就開了房門向前面冷酒店裡奔了去。

那些酒座上，正零零落落的，坐著有幾位喝酒的酒客，見這位穿紅衣服的年輕太太，由這酒店後出來，已是很為注意。及至她走到酒店屋簷下，又不走上街，低了頭，只管在屋簷下走來走去。這雖很讓人家知道是來找東西的。但是一個漂亮年輕女人，怎麼會在冷酒店屋簷下找東西呢？於是大家的眼光都跟了魏太太走來走去。

魏太太走了幾個來回，偶然一抬頭，明白過來了，自己這一身衣服，很是讓人家注意。回家的時候，自己不還想著丈夫坐在看守所裡，不要讓人家鄰居看到自己過分修飾嗎？由這點，就想到穿衣服避免鄰人注意，和戴首飾避免人的事情，她就回憶到當人力車快到冷酒店門口的時候，自己是脫了鑽石戒指向皮包裡一丟的，並沒有放到小錦盒子裡去，也許落在皮包底下了。

她立刻回到屋子裡去，將皮包再打開。這裡面大小額鈔票，灑了香水的花綢小手絹，粉鏡，幾張記下買東西的字條。一樣一樣拿出來清理著，並沒有鑽石戒指。將皮包翻過來向桌上倒著，也沒有鑽石戒指倒出。她不由得將高跟鞋在地上頓了兩頓。自言自語的道：「唐！真是命苦，生平苦想著的東西，戴在手上只十來分鐘就沒有了。不成問題，必是打開皮包給車伕錢的時候，把這小小的東西丟了。該死！」說到這兩字，她將手在胸脯上捶了一下，表示自己該打。

於是坐在床沿上，對了桌上皮包裡倒出的東西和那個空皮包只管發呆。她越想越懊悔，抬起右手來，又向自己臉上打一個耳光。這一下打著她嫩的皮膚上，有點硌人。看手時，那鑽石戒指亮晶晶的，又戴在右手無名指上。她咦了一聲，左手託了右手，對準了眼光看著，絲毫不錯，是那鑽石戒指。她這又呆了，坐著再想起來，分明戴在左手無名指上的，而且還除下來放進皮包裡面去的，怎麼會飛到右手指上來了呢？她呆著想了十分鐘之久，算是想起來了，在打開皮包給車錢的時候，鑽石戒指壓在兩疊鈔票上面。自己覺得不妥，又戴在右手上來了，又連說該死該死。

第六回　營救丈夫的工作

魏太太在笑罵自己的時候，楊嫂正帶著兩個小孩子走進屋子來，聽了這話，不免站在門口呆了，望了太太，不肯移動步子。魏太太笑道：「我沒有說你，我鬧了個笑話，自己手上戴了戒指，我還到處找呢。」楊嫂聽了這話，向著她手上看去，果然有個戒指，上面嵌著發亮的東西，因走近兩步，向她手指上看著，問道：「太太這金箍子上，嵌著啥子傢伙？」

魏太太平空橫抬著一隻手，而且把那個戴戒指的手指翹起來，向楊嫂笑道：「你看看，這是什麼東西？」楊嫂握住魏太太的手，低著頭對鑽石仔細看了一看，笑道：「我曉得這是寶貝，啥子名堂，我說不上。那上面放光咯。是不是叫做啥子貓兒眼睛囉。」魏太太眉開眼笑的，表示了十分得意的樣子。點著頭道：「我知道，你是不懂得這個的。告訴你吧，這是首飾裡面最貴重的東西，叫金剛鑽。」楊嫂喲了一聲道：「這就是金剛鑽唆（唆，疑問而又承認之意）？說是朗個的手上戴了這個傢伙，夜裡走路，硬是不用照亮。我今天開開眼，太太，你脫下來把我看看。」

魏太太也是急於要表白她這點寶物，這就輕輕地，在手指上脫下來，她還沒有遞過去呢，那楊嫂就同伸著兩手，像捧太子登基似的，大大地彎著腰，將鑽戒送到鼻子尖下去看。魏太太笑道：「它不過是一塊小小的寶石，你又何必這個樣子慎重？」楊嫂笑道：「我聽說一粒金剛鑽要值一所大洋樓，好值囉！我怕它份量重，會有好幾斤咯。」魏太太笑道：「你真是不開眼。你也不想一想，好幾斤重的東西，能戴在手指頭上嗎？好東西不論輕重。拿過來吧。」說著，她就把戒指取了過去，戴在自己的手指上。而她在這份做作中，臉上那份笑意，卻是不能形容的。

楊嫂笑道：「太太，你得了這樣好的傢俬，總不會是打牌贏來的吧？」魏太太道：「打牌贏得到金鑽，那麼從今以後，我什麼也不用作，就專門打牌吧。」楊嫂笑道：「我一按（猜）就按到了，一定是借得啥子朱四奶奶朱五奶奶的。你是要去拜會啥子闊人，不能不借一點好首飾戴起，對不對頭？」魏太太道：「你真是不知高低。這樣貴重的東西，有人會借給你嗎？就是有人借給我，我也不肯借。你想，我若把人家的戒指丟了，我拿命去賠人家不成？」楊嫂望了主人笑道：「不是贏的，也不是借的，那是朗個來的？」魏太太的臉上，有點兒發紅，但她還是十分鎮定，微笑道：「你說是怎樣來的？難道我還是偷來的搶來的不成？」

楊嫂被她搶白了兩句，自然也就不敢再問，不過這鑽石戒指是怎樣來的，她始終也沒有一個交代，倒是讓楊嫂心裡有些納悶。她站著呆了一呆，看看小娟娟和小渝兒，把買來的糖果餅乾放在椅子上，圍住了椅子站著吃，並沒有需要母親的表示。魏太太穿得像花蝴蝶子似的，也不像是需要兒女，她心裡不由得暗罵了一句：「這是啥子倒楣的人家？」心裡暗罵著，臉上也就泛出一層笑意。這就對主人道：「太太，你還打算出去唆？」魏太太低頭看了看自己身上的衣服，因道：「我現在不出去。」就是這六字，楊嫂也很知道她的意思，自不便再問。看看屋子裡，滿地的花生皮，自拿了掃帚簸箕來，將地面收拾著。

魏太太先是避到外面屋子裡去。但是她偷眼看看前面冷酒店裡的人，全不斷地向裡面張望，這就將房門掩上，把桌上放的兩張陳報紙隨便翻著看了一看。但她的眼光射在報紙上，可是那些文字，卻沒有一個印到腦筋裡去的。靜坐了五分鐘，她還是回到自己屋子裡去。手靠了床欄杆搭著，人斜坐在床頭邊，將左手盤弄著右手指上這個鑽石戒指，不住地微笑。在微笑以後，她就對鏡子裡看看，覺得這個影子是十分美麗的。那麼，不但范寶華送錢送衣料是應該，就是洪五爺送戒指，也千該萬該，不過受了人家這份厚禮，說是絲毫不領人家的人情，在情理上也是說不過去的。她沉沉地想著，猶疑地在心裡答覆。最後她是微微地一笑。

在笑後，她不免接連打了幾個呵欠，有些昏昏思睡。回頭看看被縟，還是早上起床以後的樣子，墊褥被單不曾牽直，被子也不曾折疊，這倒引起了很濃厚的睡意，趕快把身上的新衣新鞋換下，披了件舊藍布長衫，紐袢也未曾扣得，學了楊嫂的樣子，橫倒在床上就睡下了。

她一春季，全沒有今日起得這樣的早，所以倒在被上，就睡得很香。不知是什麼時候了。楊嫂在床面前連連地叫著。她翻身坐起來。楊嫂低聲道：「一個穿洋裝的人，在外面屋子裡把你等到起。」魏太太將手揉著眼睛，微笑問道：「嘴上有點小鬍子嗎？」楊嫂道：「沒得，三十來歲咯，腳底下口音（謂下江口音也）。」魏太太道：「你不認識他嗎？」楊嫂道：「從來沒有來過。」

魏太太趕快站起來，向五屜桌上支著的鏡子照照。自己是滿面睡容，胭脂粉脫落十之七八了。立刻打開抽屜，取出粉撲在臉上輕撲了一陣，又將小梳子通了幾十下亂髮。桌上還放著一瓶頭髮香水，順手拿起瓶子來，就在頭髮上灑了幾下，然後轉身向外走。楊嫂道：「太太，不要忙呀。你的長衫子，紐袢還沒有扣起呢。」她低頭一看，肋下一排紐袢，全是散著沒有扣起來的。於是一面扣著紐袢，一面向外面屋子裡走去。

她在門外看到，就出於意外，想退縮也來不及，那客人已起身相迎了。這就是魏端本那位同事張先生。人家是熱心來營救自己丈夫的，這不許可規避的。於是沉重著臉色，走到屋子裡去向客人點著頭道：「為了我們的事，一趟一趟地要你向這裡跑。張先生，你太熱心了。」

張先生對魏太太以這種姿態出現，也是十分詫異。老遠地就看到她一路扣著紐袢。天色已到大半下午了。不會她是這個時候才起床的吧？及至走到屋子裡，又首先嗅到她身上一股子香氣，而且在她手指上發現一粒金剛鑽的戒指。這就讓張先生心裡明白了。她必然是穿著一身華麗，因為有客來了，所以趕快把華麗衣服脫下，換著這件藍布大褂。當她丈夫在坐牢的時候，她卻以極奢華的裝束來見丈夫同事，那自然是極不得當的舉動。她像聰明，立刻就改裝了。不過這種舉動，依然是自欺欺人，頭上的香水，手指上的鑽石戒指，這是可以瞞人的嗎？

他正是這樣想著，魏太太含笑讓了客人坐下，然後臉上帶了三分愁苦的樣子，皺著眉毛道：「承蒙張先生給司長帶來了十萬元，我們是十分感謝的才算能維持些日子的伙食，可是以後的日子，我怎樣過呢？」她說畢，臉上又放出悽慘的樣子，眼珠轉動著，似乎是要哭。

然而她並沒有眼淚，她只有把眼皮垂了下來，她望著胸前，兩手盤弄著胸前一塊手絹。她忽然省悟過來，把右手抬了起來，卻又笑了。因道：「這也是我有些小孩子脾氣。前兩個月，在百貨攤子上買了一隻鍍金戒指，嵌了這樣一粒玻璃磚塊子，當了金剛鑽戴。人家不知道，還以為我真有鑽石戒指呢。我若真有鑽石，我為什麼那麼傻，還住著這走一步路全家都震動的屋子嗎？」她口裡是這樣分辯著，不過她將手掌抬起來給人看的時候，卻是手掌心朝著人的部分占百分之八十，而手背只占百分之二十。因之，那鑽石的形態與光芒，客人並不能看到。

這位張先生也是老於世故的人，魏太太越是這樣的做作，也倒越有些疑心了。他心裡想著，司長又有十萬元存放在我衣袋裡，幸而見面不曾提到這話。人家手上戴著鑽石，希罕這十萬八萬的救濟？便笑道：「那是自然。這件事，司長時刻在心，我也時刻在心。我今天來，特意告訴你一個好消息。就是我們的頭兒，已經和各方面接洽好了，自己家裡願意把這事情縮小，不再追究。這官司既是沒有了原告，又沒有提起公訴，那當然就不能成立了。大概還有個把禮拜，魏先生就可以取保出來。不過取保一層，司長是不能出面的，那得魏太太去辦手續。若是魏太太找不到保人，那也不要緊，這件事都交給我了，我可以想法子。」

魏太太道：「那就好極了。一個女太太們，到外面哪裡去找保人？尤其是打官司的人，人家要負著很重大的責任，恐怕人家不願隨便承當。」張先生微笑了一笑，然後點著頭道：「這自然是事實。不過魏太太也當幫我一點忙，若是有相當的親友可以作保的話，不妨說著試試看。難道魏太太還不願早早的把魏先生放了出來嗎？」

魏太太這就把臉色沉著，因道：「那我也不能那樣喪心病狂吧？」張先生勉強地打了一個哈哈，因道：「魏太太可別多心，我是隨口這樣打比喻的。不過話又說回來了。我在公，在私，都得和魏兄跑腿。今天我是先來報一個信，以後還有什麼好消息，我還是隨時來報告。」說著，站起身來就走出去了。

魏太太本來就有些神志不定，聽著人家這些話越發的增加了許多心事。只在房裡向客人點了個頭，並沒有相送。她在屋子裡呆坐了一會，不免將手上那枚鑽石戒指又抬起來看看。隨著審查自己的手指，覺得自己這雙手，雪白細嫩，又染上了通紅的指甲，戴上鑽石戒指，那是千該萬該的，就為了丈夫是個窮公務員，戴了真的鑽石，硬對人說是假。女人佩戴珍寶，不就是為了要這點面子嗎？以真當假，不但沒有面子，反是讓人家說窮瘋了，戴假首飾。遙望前途，實在是無出頭之日，而況自己還是一位抗戰夫人，毫無法律根據。要想端本發大財買鑽石戒指給太太戴著那不是夢話嗎？由手指上，她又看到左手腕上的手錶。這時手錶已是四點四十分，他忽然想到洪五爺五點鐘在朱四奶奶處的約會。現在應該開始化妝去赴這個約會了。

她於是猛可地站起來，打算到裡面屋子裡去化妝。然而她就同時想到剛才送客人出門，人家的言語之間，好像是說魏太太並不望魏先生早日恢復自由，這個印象給人可不大好。於是手扶了桌子，復又坐了下來。她看看右手指上的鑽石戒指，又看看左手腕上的手錶，她繼續地想著：若是不去赴人家的約會，那顯然是過河拆橋。上午得了人家的禮物，下午就不赴人家的約會，不過得罪這位洪五爺而已，那倒也無所謂，可是在人家手上，還把握著一粒大的鑽石戒指，今天晚上失信於人，那鑽石他就絕不會再送的了。去。她心裡想著要去，口裡也就情不自禁的喊出這個去字來，而且和這去字聲音相合，鞋跟在地面頓上了一下。

楊嫂正是由屋子外經過，伸頭問著啥事？她笑道：「沒有什麼，我趕耗子。剛才那位張先生不是來了嗎？他說魏先生可以恢復自由，只是要多找幾個保人。他去找，我也去找。當然有路子救他，不問晝夜，我都應當去努力。」楊嫂抬起那隻圓而且黑的手臂，人向屋子裡望著，微笑道：「太太說的是不在家裡消夜？十二點鐘，回不回來得到？」魏太太道：「我去求人，完全由人家作主，我知道什麼時候能夠回來呢？你問這話，是什麼意思。」她說到這裡，故意將臉色沉了下來，意思是不許楊嫂胡說。

但楊嫂卻自有她的把握，她知道女主人越是出去的時候多，越需要有人看家帶小孩子。這時候她要走得緊，絕不肯得罪看家的。這就把扶著門框的手臂，彎曲了兩下，身子還隨著顛動了幾下。笑道：「我朗個不要問？打過十二點鐘，冷酒店就關門。回來晚了，他們硬是不開門咯。我曉得你幾時轉來，我好等到起。」

魏太太也省悟過來了，這不像往日，自己在外面打夜牌，魏端本回來了，可以在家裡駐守不出去。現在家裡男女主人都出去了，一切都得依靠她的。便轉了笑容道：「楊嫂，我們也相處兩三年了，我家的事，你摸得最是清楚。我少不了你，因之我也沒有把你當外人。這次魏先生出了事，真是天上飛來的禍。我們夫妻，雖然常常吵架，可是到了這時候，我不能不四方求人去救他，也望你念他向來沒有對你紅過臉，請你分點神，給我看看家。今天的晚飯，我大概是來不及回家吃的了。你帶著孩子，怎麼能作飯吃？我這裡給你一點錢，你帶孩子到對門小館子裡去吃晚飯吧。」

楊嫂接著鈔票笑道：「今天太太一定贏錢，這就分個贏錢的吉兆。」魏太太道：「你總以為我出去就是賭錢。」楊嫂笑道：「不生關係嗎！正事歸正事，賭錢歸賭錢嗎！」魏太太看著手錶，時間是到了，也不屑於和傭人去多多辯論，立刻回到屋子裡去，換上新衣服，再重抹一回脂粉。

那位楊嫂，得了主人的錢，也就不必主人操心，老早帶了兩個孩子，就躲開了主人了。魏太太無須顧慮孩子的牽扯，從從容容地出門。她現在的手皮包，那是晝夜充實著的。馬路上坐人力車，下山坡坐轎子，她很快地就到了朱四奶奶公館門口。

就在這時，看到酒席館子裡籮擔，前後兩挑，向朱家大門口裡送了去。她心裡也就想著：不用提，今天一會，又是個大舉了。自己預備多少資本呢？她心中有些考慮，步子未免走得慢些。當她一走進院牆柵欄門的時候，朱四奶奶便一陣風似的，笑著迎到面前來，挽了她的手笑道：「怎麼好幾天不見面。」魏太太嗐了一聲道：「家裡出了一點事情，至今還沒有解決。四奶奶消息靈通，應該知道這事。」

她點了頭道：「我知道，沒有關係。你早來找我，我就給你想法子了。不過現在也不算晚，你安心在我這裡玩兩小時，我有辦法，我有辦法。」魏太太當然相信，她關係方面很多，她說的有辦法，倒也不見得完全是吹的。於是握了她的手，同向屋子裡走，並笑道：「我一切都重託你了。今天四奶奶，特別漂亮。」說著，向四奶奶看著。

她身穿一件墨綠色的單呢袍子，頭髮是微微的燙著，後面長頭髮挽了個橫的愛斯髻。臉上的胭指抹得紅紅的，直紅到耳朵旁邊去。在她的兩隻耳朵上掛著兩個翡翠秋葉，將小珍珠一串吊著，走起路來，兩片秋葉，在兩邊腮上，打鞦韆似的搖擺著。她是三十多歲的人。在這種裝扮之下，她不僅是徐娘豐韻猶存，而且在她那目挑眉語之間，還有許多少年婦女所不能有的嫵媚。她挽著手向她臉上看著，臉上帶了不可遏止的笑容。

四奶奶笑道：「田小姐為什麼老向我看著？」魏太太道：「我覺得每遇到四奶奶一次，就越加漂亮一次。」四奶奶左手挽了她的手，右手拍了她的肩膀，笑道：「小妹妹，別開玩笑了。漂亮這個名詞，那是不屬於我的了，那是屬於小姐們的了。」

魏太太心裡頗憋著一個問題，在洪五爺面前，一向是被稱為田小姐，而四奶奶在往常，卻又慣稱為魏太太，這在洪五爺當面喊了出來，就不免戳穿紙老虎。現在她忽然改口稱為田小姐，這位朱四奶奶真是老於世故，凡事都看到人家心眼裡去了。在她這種愉快情形下，挽著四奶奶的手，同走進了樓下客廳。這客廳裡已是男女賓客滿堂，大家正說笑著，聲音哄堂。自然洪范兩人都已在座。她進來了，大家都起身笑著相迎。因為在座的人，全是同場賭博過的。所以介紹的俗套，完全沒有，很隨便地入座，也就說笑起來。

她只坐了五分鐘，發現對過小客室裡，也是笑語喁喁，而朱四奶奶在這邊屋子坐坐，隨著也就到那邊去坐坐。魏太太向在座的人看看已是十一位，那邊小客室裡還不知道有多少人呢。因道：「這不是一桌的場面吧？」朱四奶奶正是和她並肩坐在沙發上，就輕輕地拍了她的大腿笑道：「今天有文場，也有武場。有些人用手，也有些人用腳。我們回頭在這裡跳舞。」說著，她把嘴向客廳裡屋一努。

原是這裡外套間的兩間地板屋子。外面的屋子是沙發茶几，客廳的布置。裡面一間，在落地罩的垂花格子中間，掛了紫色的帳幔，把內外隔開。但是現在是把帳幔懸起的。在帳幔外面，可以看到裡面，僅僅是一張大餐桌和幾把椅子，而在屋子裡角，擺了四個花盆架子，顯得空蕩蕩的，那可知說聲跳舞就把桌椅拖開，這裡就變成舞場了。

魏太太對於這摩登玩意，也是早就想學習的，無奈沒有人教過，也沒有這機會去學，所以只有空欣慕而已。因搖搖頭道：「我不會這個，我還是加入文場吧。」洪五爺笑道：「要熱鬧就痛痛快快地熱鬧一下，帶著三分客氣的態度，那是不對的。」魏太太道：「不是客氣，我真不會跳舞。」洪五爺道：「這事情也很簡單，只要你稍微留點意，一小時可以畢業，就請四奶奶當老師，立刻傳授。」四奶奶操著川語道：「要得嗎！我還是不收學費。」說著，拐了魏太太的肩膀，將她拉起來站著。魏太太笑道：「怎麼說來就來？」四奶奶笑道：「這既不用審查資格，又不用行拜師禮，還有什麼考慮的。來，我作男的，帶著你開步。」說著，右手握了魏太太的手，左手摟住魏太太的腰，顛著腳步，就向屋子中間拖著。

魏太太左閃右躲，只是向後倒退著。洪五爺笑道：「田小姐，你別只是向下坐，你移著腳步跟了四奶奶走呀。」魏太太紅著臉笑道：「不行不行，大庭廣眾之中，怪難為情的。」朱四奶奶摟住她的腰，依然不放，因笑道：「孩子話，跳舞不在大庭廣眾之中，在祕密室裡跳嗎？」洪五爺笑道：「這有個解釋。田小姐因為她不會開步，怕人看到笑話。這和教戲一樣，說戲的人，也不能當了大眾在臺上說戲吧！那麼，你就帶了她到裡面屋子裡去跳吧，萬一再難為情，可把帳幔放了下來。」朱四奶奶道：「要得要得！」不由分說，拖了魏太太就向裡面屋子裡拖了去。

同時，在座的男女也都紛紛鼓掌。這次她被朱四奶奶帶進去，就不再拒絕了。在座的男女說笑過去，也就過去了。只有姓洪的，對此特別感到興趣。聽到魏太太在裡面說一陣笑一陣子。最後聽到四奶奶笑著說：「行了行了。只要有人帶著你再跳兩三回那就行了。」兩個人手挽著手一同笑了出來。

四奶奶一個最能幹的女傭人立刻迎向前道：「樓上的場面都預備好了。」四奶奶向大家道：「加入的就請上樓吧，打過一個半小時，再開飯。不加入的，先在樓下吊嗓子，我已經預備下一把胡琴一把二胡了。」她說著，眉飛色舞的，抬起一隻染了紅指甲的白手，高過頭去，向大家招了幾招。她真有一個作司令官的派頭呢。

第七回　夜深時

在客廳裡這群男女，都是加入文場的。他們隨了朱四奶奶這一招手，成串地向樓上走。洪五爺卻是最落後的一個，他向魏太太笑著點了兩個頭道：「請緩行一步。」她只看他滿臉的笑容，已經猜到了四五成帳，而且在許多地方，正也要將就著姓洪的說話，他這麼一打招呼，也就隨著站定沒有走。

洪五爺等人都走完了，笑問道：「田小姐的資本，帶著很充足嗎？」她笑道：「當然多少帶一點現款，不過和你們大資本家比起來，那就差得太遠。」姓洪的在他西服口袋裡狂搜了一陣，輪流地取出整疊的鈔票來。這個日子，重慶的鈔票最大額還是一千元。他卻是將那未曾折疊，也未曾動用過的整沓新鈔票，接連交過三沓來，笑道：「拿去作資本吧。」這鈔票面印著一千元的數目，直伸著紙面，用牛皮紙條在鈔面中間捆束著。這不用提，每沓一百張，就是十萬元。洪五爺拿過鈔票來的時候，她還沒有伸手去接，洪五爺見她皮包夾在肋下，就把鈔票，放在她皮包上面。

魏太太笑道：「多謝你給我助威。贏了，我當然加利奉還。若是輸了呢？」洪五爺笑道：「不要說那種喪氣的話。賭錢，你根本不要存一種輸錢的思想。他若存上這個思想，就不敢放手下注子，那還能贏錢嗎？打唆哈就憑的是這大無畏的精神。」他正說得起勁，朱四奶奶又重新走了來，向他笑道：「怎麼回事，人家都等著你們入座呢，你們有什麼事商量。」

魏太太聽說，不免臉上微微一紅。洪五爺笑道：「投資作買賣，總也得抓頭寸呀。田小姐，請請！」他說著，在前面就走了。當了朱四奶奶的面，對於這三沓鈔票，她就不好意思再送回去，打開皮包，默然地收納。她本來就有二十萬款子放在皮包裡，再加上這三十萬新法幣，在打唆哈以來，要算是資本最充足的一次了。她一頭高興，立刻加入了樓上的唆哈陣線。

今天這小屋子的圓桌面上，共有九個人，卻是四男五女。朱四奶奶依然是樓上樓下招待來賓，並未加入，於是在這桌上，五位女賓中，就是魏太太最有本錢的一位了。她心高氣傲地放出手來賭，照著唆哈的戰法，錢多的人就可以打敗錢少的人。但也有例外，就是錢多的人，若是手氣不好，也就會越賭越輸。魏太太今天的賭風，就落在這個例外的圈子裡。其中有幾個機會，牌取得不錯，狠狠地出了兩注款子，不想強中更有強中手，兩次都遇到了大牌。因之五十萬現鈔，不到兩小時，就輸了個精光。所幸洪五爺卻是大贏家，看到魏太太陸續在皮包裡掏出鈔票來買籌碼，這就把面前贏的籌碼，十萬五萬的分撥給她。維持到吃飯的時候，她又輸了十幾萬。她大半的高興，卻為這個意外的遭遇所打破。

當大家放下牌，起身向樓下飯廳裡去的時候，她臉子紅紅的，眼皮都漲得有點發澀。夾了那個空皮包在肋下，緩緩地站著離開了座位。洪五爺又是落後走的，他就笑道：「田小姐，今天你的手氣太壞，飯後可不能再來了。」她微笑道：「今天又敗得棄甲丟盔，的確是不能再來。五爺大贏家，可以繼續。」說著話，同下樓梯。

洪五爺在前，因答話，未免緩行一步。等著魏太太走過來了，窄窄的樓梯不容兩人並肩擠著走，他就伸手握了她的手。作個懇切招呼的樣子，搖搖頭道：「田小姐，你不賭，我也不賭。樓下有跳舞，回頭我們可以加入那個場面。」魏太太心裡想著：若要賭錢的話，只有向姓洪的姓范的再湊資本。今天姓范的也輸了。不好意思和他借錢。姓洪的也表示不賭了，也不能向他借錢，而況借的將近五十萬，又怎能再向人家開口呢？她為了這五十萬元的債務，對於洪五爺也只有屈服，他握著手，就讓他握著吧。

洪五爺只把她牽到樓梯盡頭，方才放手。魏太太對他看著一跟，不免微微地笑了。當然，這讓姓洪的心裡蕩漾了一下。他們各帶了三分尷尬的心情，走進了樓下的飯廳。

這晚朱四奶奶請客，倒是個偉大的場面。上下兩張圓桌男女混雜的，圍了桌子坐著。洪五爺和魏太太後來，下桌上座僅僅空了兩個相連的位子，他們謙讓了一番。坐下了的，誰也不肯移動，他兩人又是很尷尬地在那裡坐下。

飯後，喝過一遍咖啡。朱四奶奶在人叢中還站著介紹一遍：「這是美軍帶來的，絕非代用品。喝完了咖啡，請大家再盡興玩。文武場有換防的。現在聲明。」洪五爺右手托著咖啡碗碟，左手舉起來，他笑道：「我和田小姐加入舞場。」魏太太笑著搖搖頭道：「那怎麼行？前兩小時剛學，現在還不會開步子呢。」洪五爺笑道：「那要什麼緊，大家都是熟人，跳得不好，也沒有哪個見笑。你和我跳，我再仔細細地教給你。」魏太太笑著，低聲說了句不好，可是那聲音非常之低，只是嘴唇皮動了一動，大概連她自己都不會聽到吧？洪五爺雖然知道她什麼用意。可是見她自己都沒有勇氣說出來，那也就不去介意。

這時，那面客廳裡的留聲機電影，已由擴大器播出很大的響聲來，男女來賓帶了充分的笑容，分別地去赴賭場與舞場。洪五爺接著魏太太的手，連聲說道：「來吧來吧。」魏太太也是怕拉扯著不成樣子，只好隨著他同到舞廳裡來。

這時，一部分男女在客廳裡坐著，一部分男女已是在對過帳幔下的廳裡跳舞。那裡面的桌椅，全都搬空了。光滑的地板，又灑過了一遍雲母粉，更是滑溜。屋子四角，亮著四盞紅色的電燈泡，光是一種醉人之色。播音擴大器掛在橫梁的一角。魏太太雖不懂得音樂電影，但是那個節奏，倒是很耳熟的。這時有四對男女，穿花似地在屋子裡溜。小姐們一手搭在男子肩上，一手握著男子的手，腰是被西服袖子，鬆鬆地摟抱著。看她們是態度很自然，並沒有什麼困難，心裡先就有三分可試了。她在旁邊空椅子上坐著，且是微笑地看。

一張音樂電影放完，四對男女歇下來。在座的男女劈劈啪啪鼓了一陣掌。第二次音樂電影，又播放著的時候，幾個要跳舞的男女都站了起來。洪五爺站到魏太太面前也就笑嘻嘻地半鞠著躬。她還不知道這是人家邀請的意思，兀自坐著笑。坐在她旁邊的一位小姐，正是剛由舞場上下來，這就向她以目示意，又連連地扯了她幾下袖子。魏太太到底也是看過若干次跳舞的，這就恍然大悟，立刻站了起來。笑道：「五爺，我實在還沒有學會，你教著我一點。」他笑道：「我也沒有把你當一位畢了業的學生看待呀。」正好朱四奶奶也過來了，見她肋下還夾著皮包，便由她肋下抽了過來。笑道：「小姐，你還打算帶著這個上場啦。」說時，她另一隻手牽了魏太太，就引到了舞廳裡去。

洪五爺自是跟了過來，接著她的手在舞廳另一隻角落裡，單獨地和魏太太慢慢地跳著。他身子拖了魏太太移著腳步，口裡還陸續地教給她的動作。魏太太在一張音樂電影舞完之後，也就無所謂難為情了。接著第二張音樂電影放出，他兩人又繼續地向下跳，直跳過幾張音樂電影，兩人才到外面客廳裡來休息。

這時，她有點奇怪，就是范寶華始終也沒有在舞廳裡出現。便向洪五爺笑道：「老范也是個跳舞迷，怎麼今天不加入？」洪五爺笑道：「一定是大贏之下。我知道他的脾氣，若是輸了錢，他是到了限度為止，再不向前幹。他理直氣壯，那就老是向前進攻了。你不要管他，明天由他請客吧。」她也不便多問，音樂響起來，她又和洪五爺跳了幾次。這麼一來，她和姓洪的熟得多，也就把步伐熟得多，至少是不怯場了。

洪五爺跳了一小時，他笑道：「我們到樓上去看看吧。」魏太太卻想到老是和姓洪的同走，恐怕姓范的不願意，因道：「我不去了。看了我饞得很，我又不敢再賭。」姓洪的倒以為她這是實話，自向樓上去了。魏太太坐在外客廳裡，且看對面舞廳裡人家跳舞，借這機會，也可以學學人家的步伐。

在座還有兩位女賓，五位男賓，都是剛休息下來。其中有位二十多歲的青年，長圓的臉，頭髮梳得像烏緞子似的，臉上大概新刮的臉，雪白精光。他穿一套青呢薄西服，飄著紅領帶，圓圍著白襯衫的領子，整齊極了。原來見到他，像很熟，在哪裡見過。來到朱公館的時候，朱四奶奶介紹著，稱他宋先生。這倒疑惑了。向來熟人中，沒有姓宋的。在熟人家裡，也沒有到過姓宋的。不過這人卻是很面熟，想不起來是怎樣有這個印象的。在舞廳裡看到了他，越看越熟，就是不便相問人家在哪裡會過。這時他也休息著沒有跳舞。和他坐在並排的一位男客，就對他笑道：「宋先生，今天不消遣一段？」他道：「今天會唱的人太多不用我唱了。」那人道：「會唱的倒是不少，不過名票就是你一個。」

魏太太在這句話裡，又恍然大悟。這位宋先生叫宋玉生。是重慶唯一有名的青衣票友。每次義務戲，都少不了他登場。原來以為他是個和內行差不多的人物。現在看他的裝束和舉動分明是一位大少爺。朱四奶奶家裡，真是包羅萬象，什麼人都有。她心裡這樣想著，就更不免向宋玉生多看了幾眼。

那宋玉生原來倒未曾留意。因為一個唱戲或玩票的人，根本就是容易讓人注意的。現在發覺魏太太不住的眼神照射，他想著，這或者是人家示意共同跳舞。這就走到她面前站定，向她點了個頭。她這已明白了舞場上的規矩，是人家邀請合舞。心裡雖明明覺得和一個陌生的人挽手搭肩，不怎樣合適。可是既然開始跳舞了，就得隨鄉入俗。人家沒有失儀的時候，那就沒有拒絕人家的可能，而且對於這樣一個俊秀少年，也沒有勇氣敢拒絕人家。因之在心裡時刻變幻念頭的當兒，身子已是不由自主地站了起來，還沒有走向舞場，在這邊客廳的沙發椅子旁邊，就和人家握著手搭著肩了。

他們配合著音樂，用舞步踏進了舞場。接連地舞過兩張音樂電影，方才休息下來。這樣，彼此就很熟識了。宋玉生在西服袋裡掏出一隻景泰藍的扁平菸卷盒子來，敞開了盒子蓋，彎腰向魏太太敬著菸。她笑道：「宋先生，你這個菸盒子很漂亮呀。」她說笑著，從容地在盒子裡取出一支菸來。宋玉生道：「這還是戰前，北平朋友送我的。我愛它翠藍色的底子，上面印著金龍。」說著話，把菸盒子收起，又在衣袋裡掏出一隻打火機來。這打火機的樣子，也非常的別緻，只有指頭粗細，很像是婦女用的口紅。圓筒上面有個紅滾的帽蓋子，掀開來，裡面是著火所在。宋玉生在筒子旁邊小鈕扣上輕輕一按，火頭就出來了。

魏太太就著火吸上了菸，因笑道：「宋先生凡事都考究。這菸盒子同打火機，都很好。」宋玉生笑道：「我除了唱戲，沒有別的嗜好，就是玩些小玩意。跳舞我也是初學，連這次在內，共是三回。」魏太太笑道：「那你就比我高明得多呀。」宋玉生道：「可是田小姐再跳兩次，就比我跳得好了。」說著，兩人在大三件的沙發上對面坐下。

魏太太見他說話非常的斯文，每句答話，都帶了笑容，覺得把范洪這路人物和他相比，那就文野顯然有別。斷斷續續談了一陣子，倒也不想再上舞場。隨後朱四奶奶來了，因笑問道：「怎麼不跳？」魏太太搖搖頭道：「初次搞這玩意，手硬腳硬，這很夠了。」朱四奶奶道：「那麼，樓上的場面，現在正空著一個缺，你去加入吧。」

魏太太抬起手腕來，看了一看手錶，笑道：「已經十二點鐘了，我要回去了。再晚了，就叫不開門了。」她這樣說著倒不是假話，她想起了由家裡出來的時候，楊嫂曾量定了今晚上次去很晚。難道真的就讓她猜到了，就算回去之後，女傭人什麼話不說，將來她人前說，先生吃官司，太太在外面尋快樂，那是會讓親友們說閒話的。她想得對了，這就站起身來，向朱四奶奶握著手道：「我多謝了。我也不到樓上去和他們告辭。我明天早上還有點事要辦。」

朱四奶奶握著她的手，搖撼了幾下。因點點頭道：「好的，我不留你。我門口這段路冷靜得很，夜深了，恐怕叫不到轎子。我叫男傭人送你回去。」魏太太道：「送我到大街上就可以了。」朱四奶奶笑道：「那隨你的便吧。」她這個笑容，倒好像是包涵著什麼問題似的。

魏太太也不說什麼，只是道謝。朱四奶奶招待客人是十分的周到，由他家的男工，打著火把，領導著魏太太上道，並另給了她一隻手電筒，以防火把熄滅。魏太太在朱公館裡，只覺得耳聽有聲，眼觀有色，十分熱鬧，忘記了門外的一切。及至走出大門來，這個市外的山路，人家和樹林間雜著，眼前沒有第三個人活動。寬大的石坡路，兩個人走的腳步響，卜卜入耳。天色是十分的昏黑。雖然是春深了，四川的氣候，半夜裡還是有霧。天上的星點，都讓宿霧遮蓋了。在山腳下看著重慶熱鬧街市的電燈，一層層的，好像嵌在暗空裡一樣。回頭看嘉陵江那岸的江北縣，電燈也是在天地不分的半中間懸著。因為路遠些，霧氣在燈光外更濃重。那些燈泡，好像是通亮的星點。人在這種夜景裡走，恍如在天空裡走，四周看不到什麼，只是星點。

魏太太因今天特別暖和，身上只穿了件新作的綢夾袍子，這時覺得身上有些涼颼颼的，身上涼，心裡頭也就感覺到了清涼。回頭看看朱四奶奶公館，已經落在坡子腳下。因為她家那屋子樓上樓下，全亮著電燈。雖然在夜霧微籠的山窪裡，那每扇玻璃窗裡透出來燈光，還露出洋樓的立體輪廓。想到那樓裡的人，跳舞的跳舞，打唆哈的打唆哈，他們不會想到，這屋子外面的清涼世界。他們說是熱鬧，簡直也是昏天黑地。那昏天黑地的情況，還不如這夜霧的重慶，倒也有這些星點似的電燈，給予人一點光明呢。

她這樣想著，低了頭沉沉地想。前面那個引路的火把，紅光一閃一閃，照著腳步前的石坡，有兩三丈路寬大的光亮。尺把高的小樹，在石崖上懸著，幾寸長的野草，在石縫裡鑽著。火光照到它們，顯出它們在黑暗中還依然生存著。抬頭看看，火把的光芒，被崖上的大樹擋住。火光照在枝葉的陰面，也是一片紅。那經常受日光的陽面，這時倒在黑暗裡了。魏太太在高中念書的時候，國文常考八十分以上。她受有相當文學的薰陶。在這夜景裡，觸景生情，覺得在黑暗裡的草木，若被光亮照著時，依然不傷害它欣欣向榮的本能。天總會亮的。天亮了，就可以露出它清楚的面目。人也是這樣，偶然落到黑暗圈子裡來了，應當努力他自己的生存，切不可為黑暗所征服。

她越走越沉思，越沉思也越沉寂。前面那個打火把的工友，未免走得遠些，他就舉了火把過頭，人在火把光下面，向魏太太看過來。因道：「小姐，你慢慢走嗎，我等得起。你朗個不多耍下兒？」魏太太徑直地爬著坡子。有點累了，這就站定了腳道：「我明天早上還有事，不能通宵地玩啦。你們家幾天有這麼一回場面呢？」男工道：「不一定咯。有時候三五天一趟，有時候一天一趟，我們四奶奶，她就是喜歡鬧熱（川語言熱鬧，與普通適反）。我看她也是很累咯。我說，應酬比作活路還要累人。今晚上，曉得啥子時候好睡覺啊。有錢的人，硬是不會享福。」

在魏太太心裡，正是有點兒良知發現的時候，男工的這遍話，讓她聽著是相當的入耳。這就笑道：「你倒有點正義感。你們公館裡，天天有應酬，你就天天有小費可收，那還不是很好的事嗎？」那男工並沒有答她的話。把火把再舉一舉，向山腳下的坡子看去，因道：「有人來了。說不定又是我們公館裡來的客，我們等他一下吧。」魏太太因一口氣跑了許多路，有點氣吁吁的，也就站著不動。

後面那個人不見露影，一道雪亮的手電筒白光，老遠地射了上來。卻放了聲道：「田小姐，不忙走，我來送你呀。」魏太太聽得那聲音了，正是姓洪的。她想答應，又不好意思大聲答應，只是默默地站著。那男工答道：「洪先生，我們在這裡等你。夜深叫不到轎子，硬是讓各位受累。」

洪五爺很快地追到了面前，喘著氣笑道：「還好還好，我追上了，可以巴結一趟差事。朱四奶奶公館，樣樣都好，就是這出門上坡下坡，有點兒受不了。」男工笑道：「怕不比跳舞有味。」洪五爺笑道：「你倒懂得幽默。你回去吧，有我送田小姐，你回去作你的事囉，這個拿去喝酒。」說時，在火把光裡，見他在衣袋裡掏了一下，然後伸手向男工手裡一塞。那男工知趣問道：「要得。洪先生要不要牽藤桿（即火把）？」洪先生道：「我們有手電筒，用不著。你不要火把，滾回去不成？」那男工還沒有聽到「不成」那兩個字，認為洪先生嫌囉唆，搖晃著火把就走了。

洪五爺走向前，挽了魏太太一隻手臂膀，笑道：「還有幾十層坡子呢，我挽著你走上去吧。」魏太太是和他跳舞過幾小時以上的伴侶，這時人家要挽著，倒也不能拒絕，而且這樣夜深了，很長的一截冷靜山坡路，除了姓洪的，又沒有第三個人同走，自己也實在不敢得罪他。因之她只是默然地讓人家挾著手膀子，並沒有作聲。

姓洪的卻不能像她那樣安定，笑道：「田小姐，怎麼樣，你心裡有點不高興嗎？」她答覆了三個字：「沒有呀。」又默然了。洪五爺笑道：「我明白，必然是為了今天手氣不好，心裡有些懊喪，那沒有關係，都算我得了。」

魏太太道：「那怎麼好意思呢，該你的錢，總應該還你。」洪五爺道：「不但我借給你作資本那點款子不用還，就是你在皮包裡拿出來的現鈔，我也可以還你。剛才我上樓去，大大地贏了一筆。這並不是我還要賭，就是我想著和你去撈本了，倒是天從人願，本錢都揮回來了。既是把本錢撈回來了，為什麼不交給你呢？」

魏太太道：「你事先沒有告訴我呀。若是你輸了呢？」洪五爺道：「我不告訴你，就是這個原故了。輸了，乾脆算我的，我還告訴你幹什麼？告訴我替你輸了錢，那是和你要債了，就算不要債，那也是增加你的懊喪。我姓洪的和人服務，那總是很賣力氣的。」魏太太聽著，不由得格格地笑了一陣。

說著話，不知不覺的走完這大截的山坡路，而到了平坦的馬路上。魏太太站著看時，電燈照著馬路空蕩蕩的，並沒一輛人力車。便道：「五爺多謝你，不必再送，我走回去了。」洪五爺道：「不，我得把錢交給你。」說著把聲音低了一低，又道：「那枚大的鑽石戒指，我已經買下來了，也得交給你。」魏太太聽了這報告，簡直沒有了主意，靜悄悄地和洪先生相對立著巷子口上，而且是街燈陰影下。

第八回　不可掩的裂痕

在這天色已到深夜一點鐘的時候，街上已很少行人，他們在這巷口的地方站著，那究竟不是辦法，由著洪五爺願作強有力的護送，魏太太也就隨在他身後走了。但她為了夜深，敲那冷酒店的店門，未免又引起人家的注意，並沒有回去，當她回家的時候，已是早上九點鐘了。

她在冷酒店門口行人路邊，下了人力車，放著很從容地步子走到自己屋子裡去。當她穿過那冷酒店的時候，她看到冷酒店的老闆，也就是房東，她將平日所沒有的態度也放出來了，對著老闆笑嘻嘻地點了個頭，而且還問了聲店老闆早。她經過前面屋子，聽到楊嫂帶兩個孩子在屋子裡說話，她也不驚動他們，自向裡面臥室裡去。這屋裡並沒有人，她倒是看著有人似的，腳步放得輕輕地走到屋子中間來。

她首先是把手皮包放在枕頭下面，然後在床底下掏出便鞋來，趕快把皮鞋脫下。意思是減少那在屋子裡走路的腳步聲。便鞋穿上了，她就把全身的新製綢衣服脫下，穿上了藍布大褂。然後，她拿起五屜桌上的小鏡子，仔細地對臉上照了一照。打牌熬夜的人，臉上那總是透著貧血，而會發生蒼白色的。但她看了鏡子，腮上還有點紅暈，並不見得蒼白，她左手拿了鏡子照著，右手撫摸著頭髮，口裡便不成段落的，隨便唱著歌曲。

楊嫂在身後，笑道：「太太回來了？我一點都不曉得。」魏太太這才放下手上的鏡子，向她笑道：

「我早就回來了。若是像你這樣看家，人家把我們的家抬走了，你還不知道呢。」楊嫂道：「晚上我特別小心喀，昨晚上，我硬是等到一點鐘。一點鐘你還不回來，我就睡覺了。」

魏太太道：「哪裡的話，昨天十二點鍾不到，我就回來了。我老叫門不開，又怕吵了鄰居，沒有法子，我只好到胡太太家去擠了一夜。」楊嫂道：「今天早上，我就在街上碰到胡太太的，她朗個還要問太太到哪裡去了？」

魏太太臉色變動了一下，但她立刻就笑道：「那是她和你開玩笑的。你以為我在外面玩？為了先生的事，我是求神拜佛，見人矮三尺，昨天受委屈大了。」說著長長地嘆了一口氣，然後抬起手來拍兩下胸脯道：「我真也算氣夠了。」楊嫂遠遠地望著她的，這就突然地跑近了兩卡，低了頭，向她手上看看道：「朗個的？太太！你手上又戴起一隻金剛鑽箍子？」

魏太太這才看到自己的右手，中指和無名指上，全都戴了鑽石戒指。便笑道：「你好尖的眼睛，我自己都沒有理會，你就看到了。這顆可不是我的，就是我自己那顆小的，我也要收起來，你可不要對人瞎說。」楊嫂瞇了眼睛向她笑著，點了兩點頭道：「那是當然嗎，太太發了財，我也不會沒有好處。」魏太太道：「不要說這些閒話了，你該去買午飯菜。兩個孩子都交給我了。下午我要到看守所裡去看看先生，上午我就在家裡休息了。」說著，在枕頭下面，掏出了皮包。打了開來，隨手就掏了幾張千元的票塞到她手上。

這個時候，重慶的豬肉，還只賣五百元一斤，她接到了整萬元的買菜錢，她就知道女主人又在施惠，這就向主人笑道：「買朗個多錢的菜，你要吃些啥子？」魏太太道：「隨便你買吧。多了的錢就給你。」楊嫂笑道：「太太又贏了錢？」魏太太覺得辯正不辯正，都不大妥當。微笑著道：「你這就不必問了。反正……」說著，把手揮了兩揮。楊嫂看看女主人臉上，總帶著幾分尷尬的情形，她想著，苦苦地問下去，那是有點兒不知趣，於是把兩個孩子牽到屋子裡來，她自走了。

魏太太雖坐在兒女面前，但她並沒有心管著他們，斜斜地躺在床上，將疊的被子撐了腰，在床沿上吊起一隻腳來，口裡隨便地唱京戲。她自己不知道唱的是些什麼詞句，也不知道是唱了多少時候，忽然有人在外面叫道：「魏太太，有人找你。」這是那冷酒店裡夥計的聲音，她也料著來的必是熟人。由床上跳下，笑迎了出來。

那門外過人的夾道裡，站住了一位穿西服的少年，相見之下，立刻脫帽一鞠躬，並叫了一聲田小姐。魏太太先是有點愕然，但聽他說話之後，立刻在她醉醺醺的情態中恢復了記憶力，這就是昨晚上在朱四奶奶家見面的青衣名票宋玉生。遂喲了一聲道：「宋先生，你怎麼會找到我這雞窩裡來了？」他笑道：「我是專誠來拜訪。」魏太太想到自己在朱四奶奶家裡跳舞，是那樣一身華貴，自己家裡卻是住在這冷酒店後面黑暗而倒壞的小屋子裡，心裡便十分感到惶惑。但是自從昨晚和他一度跳舞之後，對他的印象很深，人家親自來拜訪，也可以說是肥豬拱門，怎能把人拒絕了。站著躊躇了一會子，還是將他引到外間屋子來坐。

恰好是她兩天沒有進這房間，早上又經楊嫂帶了兩個孩子在這裡長時期的糟亂。桌上是茶水淋漓，地板上是橘子皮花生皮。幾隻方凳子，固然是放得東倒西歪，就是靠牆角一張三屜小桌，是魏端本的書房和辦公廳，也弄得舊報紙和書本，遮遍了全桌面，桌面上堆不了，那些爛報紙都散落到地面上來。魏太太一連的說屋子太髒，屋子太髒，說著，在地面抓了些舊報紙在凳面子上擦了幾下，笑道：「請坐請坐。家裡弄成這個樣子，真是難為情得很。」

宋玉生倒是坦然地坐下了。笑道：「那要什麼緊，在重慶住家的人，都是這個樣子，你不看我穿上這麼一身筆挺的西裝。我住的房子，也是這樣的擠窄。所以人說，在重慶三個月可以找到一個職業，三年找不到一所房子。」說著，他嘻嘻地一笑。因為他這句話是斷章取義的，上面還有一句，就是三天可以找到一個女人。

魏太太陪著客，可沒有敢坐下，因為她沒有預備好紙菸，也不知道楊嫂回來燒著開水沒有，請客喝茶，也是問題。只是站著，現出那徬徨無計的樣子。

宋玉生倒是很能體會主人的困難，笑著站起來了。他道：「我除了特意來拜訪而外，還有點小意奉上。田小姐昨天不是對我那菸盒子和打火機都很感到興趣嗎？我就奉上吧。」說著，在西服袋裡把那個景泰藍的菸盒子，和那個口紅式的打火機都掏了出來，雙手捧著，送到魏太太面前。

魏太太這才明白他來的用意，笑道：「那太不敢當了。我看到這兩樣小東西好，我就這樣的隨便說了一聲，我也不能奪人之所愛呀。」宋玉生笑道：「這太不值什麼的東西，除非你說這玩意瞧不上眼，不值得一送。要不然的話，我這麼一點專誠前來的意思，你不好意思推辭的。」他說的話，是一口京腔，而且斯斯文文的說得非常的婉轉，不用說他那番誠意，就是他這口伶俐的話，也很可以感動人。於是她兩手接著菸盒子與打火機，點了頭連聲道謝。

宋玉生看著，這也無須候主人倒茶進菸了，就鞠躬告辭。魏太太真是滿心歡喜，由屋子裡直送到冷酒店門口，還連聲道著多謝。這個時候，正好陶伯笙李步祥二人，由街那頭走了過來，同向她打著招呼。

陶伯笙和魏端本是多時的鄰居，在表面上，總得對人家的境遇，表示著關切，這就向前走著兩步，問道：「魏先生的消息怎麼樣了？」魏太太道：「我是整日整夜地為了這件事奔走，我還到看守所裡去過好幾次。不過他倒是處之坦然，因為他這件事完全是冤枉。」她說著，臉上透著有點尷尬，說句不到屋子裡坐坐，轉身就向屋子裡去了。

李步祥隨在陶伯笙後面，走到他屋子裡，忍不住先搖了兩搖頭道：「這事真難說，這事真難說。」陶伯笙道：「什麼事讓你這樣興奮？」李步祥道：「你不看到她送客出來嗎？那客是什麼人？」陶伯笙笑道：「你也太難了。魏端本也是個青年，他有青年朋友，那有什麼稀奇？」李步祥道：「魏端本為人，我大概也知道，他那人很頑固的，不會帶著漂亮青年向家裡跑的，而況這位漂亮青年，還和平常人不同，他是個青衣名票，哪個青年婦女不喜歡這種人呢？」陶伯笙笑道：「你簡直說得顛三倒四，既然說是人家這行為難說，又說青年婦女都愛漂亮青年。」李步祥抬起手亂摸了幾下頭，笑道：「反正我覺得這事有點尷尬。」陶伯笙道：「玩票也是正當娛樂，玩票的人，就不許青年婦女和他來往嗎？你可少提這些話，來支菸，我們還是談談我們的正經生意。」

陶伯笙掏出紙菸盒來，向客敬著菸，把他拉著坐下，只是談生意經，把這問題就扯開了。李步祥本來對這事是無意閒談的，見老陶極力地避免來談，倒越是有些注意。抽著紙菸想了一想，搖了兩搖頭道：「現在的生意真不大好做。你看到那樣東西會漲價，他偏偏瘟下來。你說那樣東西是個冷門，有半個月就翻成兩倍的。我有個朋友，在年底下就由貴陽運了幾箱紙菸來，不料到了現在為止，紙菸就沒有漲過價，這半年的利錢，賠得可以。說到金子，官價變成了三萬五，應該可以不做了，可是只要你有膽量，盡可放手去做。老范這回買的幾百兩金子，又翻了一個身子。黑市老是七八萬。他說，下個月初，官價一定要提高，準是五萬到六萬。有錢現在還可以做。一萬五變到兩萬的時候，那是大家大意，把這事錯過了。兩萬變到三萬五的這一關，誰都知道，我們還大大湊上一回趣呢。可是我們全和人家跑路，自己只落個幾兩，賺死了也有限。我們就那樣想不通，為什麼不借錢作上一大筆呢？我們就是借重慶市上最高的利，也不會超過十五分去。一百萬才十五萬利息而已，那時一百萬可以作五十兩黃金儲蓄。現在出讓給人，三萬八到四萬一兩，沒有問題，怎麼著，也是對本對利。若是再熬兩個月，不用，只熬半個月，等到官價變成了五萬，我們這早期的儲蓄券，五萬二三，人家搶著要，那就賺多了。我們雖然沒有老范的那樣大手筆，可是把什麼東西都變賣了，百十萬元總湊得出來。現在一百萬，可以買到二十八兩。不到兩個月，怕不是一百五六十萬，比作什麼生意都強。」

陶伯笙道：「你那意思是要在五萬元官價還沒有宣布以前，又想搶進。」李步祥抬起手來搔著頭皮了。他笑道：「你說怎麼辦吧。現在除了作黃金儲蓄，就沒有把握。我作了兩三年的百貨，自問多少有些辦法。可是這幾個月來，我把老底子賠下三分之一去了。前兩天接到湘西朋友來信，那邊百貨，總比這裡便宜一半。我有心趕公路跑一趟。但是等我回來了，說不定重慶的貨又垮下去了。貨到地頭死，我豈不要跳揚子江？我想來想去，挑穩的趕，決計把我手上的存貨都賣了，換到了法幣，我再去換黃金。」

陶伯笙道：「這事情倒是可做。不過你還是向老范去請教請教，下個月的黃金官價，是不是真會變成五萬呢？」李步祥道：「你這話可問得外行。老范也不是財政部長。他知道黃金漲不漲價呢？不過這事實是擺在眼面前的。黑市比官價高出一倍有餘，誰作財政部長，也不能白瞪著眼睛，讓買黃金的人賺國家這些個錢。遲早是要漲價的，他又何必等？不過這裡面有點問題，就是經濟專家，也沒有把握來解決。那是什麼呢？就是官價漲了，黑市必然也跟著漲。這就事情越搞越糟了。可是我們作黃金儲蓄的人，只要定單拿到手，可不管他這些。」

陶伯笙望了他笑道：「老李，看你不出，你還有這麼一套議論。」李步祥道：「現在有三個買賣人在一處，哪個不談買金子的事。我不用學，聽也聽熟了。」

陶伯笙道：「這話說得有理。不過我陪你老兄跑了兩天市場，全是瞎撞，一點沒有結果，今天我不奉陪，你單獨的去找老范吧，不過有一層……」說著，把聲音低了一低道：「關於隔壁那個人兒的事，你不要對老范說。本來我們和魏端本是好鄰居，也是好朋友，我們這就感到十分尷尬，老范和那人我們不都是賭友嗎？多少在老魏面前，我們是帶點嫌疑，若是再加些糾紛，我們在朋友之間，可不好相處。」李步祥笑道：「我才管不著這事呢。這時候，老范大概是在家裡吃飯，我就去吧。」說著，抓起放在桌上的一頂舊帽子，起身就走。

陶伯笙追到門外叫道：「若是買賣談好了，不要忘了我一份啦。」李步祥笑著說：「自然自然。老范也不是那種人。」他說了話，看到魏太太帶了兩個小孩子在街上買水果，和她點著個頭，沒說什麼就走了。

他到了范寶華家裡，老范正在客廳裡，桌上擺著算盤帳本，對了數目字在沉吟出神。看到李步祥便道：「你這傢伙，忙些什麼啦。有好幾天都沒有見著你了。」李步祥道：「你問問府上的女管家，我每天都來問安二次，總是見不著你。我猜你這時該吃飯了，特地來看你。」說著，他伸著脖子，看看桌上的帳本。

范寶華笑道：「你這傢伙也不避嫌疑，我的帳目，你也伸著頭看。」李步祥道：「我也見識見識，你現在到底作些什麼生意呢？」范寶華笑道：「你呀，學不了我。我現在又預備翻身，我打算把那幾百兩黃金儲蓄券，再送到銀行裡去押一筆款子，錢到了手，再買黃金儲蓄券，等到黃金官價變成五萬的時候，把新的一批黃金儲蓄券賣了，少賣一點吧，打個九折，一兩金子，我白撈它一萬。也許是半個月，也許是十天，我就又賺他幾百萬。老李，你學得來嗎？」他說著這話，得意之至，取出一支菸卷放在嘴裡。嚓的一聲，在火柴盒子邊上把火柴擦著，拿火柴盒和拿火柴的手，都覺得是很帶勁。

李步祥在他斜對面的椅子上坐著，偏了頭向他望著。笑道：「老兄，你也是玩蛇的人不怕蛇咬。上次你在萬利銀行存款買金子，上了人家那樣一個大當，還要想去銀行裡設法嗎？」范寶華道：「那家銀行作買賣，會像萬利這樣呢？他們連同行都得罪了。現在萬利的情形怎麼樣？昨天下午，我由他們銀行門口經過，看到他們在櫃上的營業員，像倒了十年的霉，全是瞌睡沉沉的要睡覺。這是什麼原故，不就是想發財的心事太厲害嗎？」

李步祥嘻嘻地笑著，望了范寶華不作聲。他道：「你今天為著什麼事來了？只要是我幫得到忙的，我無有不幫忙的。你老是作這副吞吞吐吐的樣子幹什麼？」李步祥道：「我笑的不是這件事，我要你幫忙的事情多了，我還要什麼醜面子，不肯對你說。我笑是笑了，可是我不對你說。老陶再三警告我也不要我對你說。」

范寶華對他臉看了一看，笑道：「你不用說，我也明白，不就是魏太太的事嗎？」李步祥搖搖頭道：「不是不是！我根本沒有看到她。」說著話時，他臉上紅紅的。

范寶華口角裡銜了菸卷，靠在椅子背上兩手環抱在懷裡對了李步祥笑著。李步祥笑道：「其實告訴你，也沒有什麼關係，我看到她由家裡送客出來。」

范寶華道：「這比吃飯睡覺還要平常的事。陶伯笙又何必要你瞞著哩？顯然是這裡面有點兒文章。她送客送的是洪老五吧？」李步祥道：「那倒不是。那個人是位名票友。」

范寶華將大腿一拍道：「我明白了，是宋玉生那小子。昨晚上在朱四奶奶家裡和他只跳舞了一回，怎麼就認識得這樣熟？」李步祥笑道：「你猜倒是猜著了。但是那也沒有什麼稀奇。」

范寶華道：「自然不稀奇。他們能在一起跳舞，為什麼就不能往來。不過你好像就是為了這事要來報告我的。那能夠是很平常的事嗎？老李，我也是個老世故，難道這點兒事我都看不出來嗎？」李步祥道：「其實我沒有看到什麼，我就只覺得奇怪，怎麼會由魏太太家裡，走出一位青衣名票來？何況魏先生又不在家。」

范寶華冷笑一聲道：「嚇嚇，奇文還不在這裡哩。她昨晚上由朱四奶奶家裡出來，根本就沒有回去，洪五送著她走的，不知道把她送到哪裡去了。我怎麼知道？吳嫂今早上菜市買菜，碰到他們的。算了，不要提她了，我最冤的，是前天送了她半枚鑽石戒指。」李步祥道：「怎麼會是半枚呢？」

范寶華道：「洪五要我合夥送她的。洪五要討好她，為什麼要我出這一半錢呢？好！我也不能那樣傻瓜，反正羊毛出在羊身上，我得向洪五借一筆資本。我這黃金儲蓄券，不要抵押了，我得和洪老五借錢。老李，你幫我一個忙，和我偵探偵探他們的路線。」李步祥笑道：「你吃什麼飛醋，偵探他們的路線又怎麼樣？這位太太根本不認識洪五，完全是你介紹的。」

范寶華沉著臉子想了一想，點頭道：「當然是我介紹的，我的用意……不說了，不說了，可是不該要我出半枚鑽石戒指的錢。這種女人，好賭，好吃，好穿，現在又會跳舞，我還對她有什麼意思。她丈夫坐了牢，她像沒事一樣，打扮得花蝴蝶子似的，東遊西蕩，那就是個狠心人。也好，落得讓洪五去上她的當。」他越說是越生氣，臉子漲得紅紅的。

那吳嫂提了一壺開水，正走出來向桌子上茶壺裡衝著茶。她不住地撩著眼皮，將大眼睛望了主人，卻是抿了嘴笑。李步祥道：「你笑什麼？我笑我們說田小姐嗎？」

她冷笑道：「啥子小姐喲，不過是說得好聽吧？我們作傭人的，不敢說啥子，她來了，先生叫我朗個招待，我就朗個招待。實說嗎，招待別個，別個是不見情的。」她口裡這樣批評，對於生人，卻又顯出特別的殷勤，將新泡的茶，斟上了一杯，從從容容地送到別人面前。主人雖然嫌她多嘴。可是由於她的恭順態度，先就忍住了那份不快。加之她兩手捧出茶杯過來時，那兩隻手，又洗得乾乾淨淨，也覺得這傭人是不容易僱請得到的。於是接著她的茶碗，向她點了兩點頭，表示著接受她的勸告。

吳嫂這就更得意了，索性站在主人面前不走開，問道：「說不定耍一下，她又要來咯。她來了，你撅她嗎（撅為直接譏諷之意）。」范寶華哈哈笑道：「那又何至於。她這樣亂搞，我倒是原諒她。她愛花，丈夫沒有錢，自己也沒有錢，只要搞得到錢，她就什麼不管了。」

李步祥道：「人為財死，鳥為食亡，誰不是這樣？」范寶華搖搖頭道：「那也不盡然，她要肯像其他公務員的眷屬一樣過著苦日子，不賭錢，不要穿漂亮衣服，她用不著這樣亂搞了。」吳嫂道：「對頭！無論男女，總要有志氣嗎。我窮，我靠了我的力氣和人家作活路，我也不會餓死。」李步祥笑著伸了個大拇指向她笑道：「那沒有話說，吳嫂是好的。」

范寶華雖是這樣說了，但他不肯再說什麼，只是捧了那杯茶，默然地坐著。李步祥看他那臉色，也不說什麼，吳嫂不知道他們是什麼意思，也自走開，但是加強了她一個信念，對於魏太太是無須再客氣的了。

第九回　一誤再誤

在這日的下午，吳嫂這個計劃，就實現了。約莫是下午三點鐘，魏太太穿了一身鮮豔的衣服，就來敲門。她那敲門的動作，顯然是不能和普通人相同。兩三下頓一頓，而且敲的也不怎麼響。那個動作，分明是有點膽怯。吳嫂在開門的習慣裡，她已很知道這事了。現在聽到魏太太那種敲門的響聲，她就搶步出來。比往日懶於去開門的情形，那是大變了。她在門裡就大聲問道：「哪一個？范先生不在家。」

魏太太聽了是吳嫂的聲音，就輕聲答道：「吳嫂，是我呀，我給你們送吃的來了。」這聲音是非常的和緩，吳嫂拉開門來，卻見魏太太手上提著柳條穿的兩尾大鯉魚，她很怕這魚涎會染髒了她的衣服，把手伸得直直的，將魚送了出去。她笑道：「吳嫂，快提進去，這魚還是活的。拿水養著嗎。」

吳嫂搖搖頭道：「先生不在家，我們不要，我也作不得主。」她這樣說著時，臉上可不帶一點笑容，黑腮幫子繃得緊緊的，很有幾分生氣的樣子。魏太太道：「這有什麼作不得主的呢。兩條魚交給你，也沒有教你馬上就吃了牠。范先生回家來，他要是不肯受，你就把魚退還給我，也就沒有你的責任了。我和范先生也不是初交，送這點東西給他，也值不得他掛齒。」她說著話時，也不免有點生氣。她心裡想著好像送魚來你們吃，倒要看你們下人的顏色。於是把手上提的魚，向大門裡面石板上一丟，淡笑道：「范寶華回來了，由他去處理吧。」

吳嫂看她這樣子，卻不示弱，也笑道：「交朋友，你來我往，都講的是個交情嗎！……朋友若是對不住別個，別個留啥子交情。洪五爺比我們先生有錢，那是當然，就比我們先生交得到女朋友。我們先生也是不怕上當，第一個碰到啥子袁小姐喲。落個人財兩空。現在買起金剛鑽送人。又落到啥子好處嗎？」她說著話時，將頭微微偏著，眼睛是白眼珠子多，黑眼珠子少，那一臉瞧不起人的樣子，是誰也知道她的用意何在？

魏太太倒沒想到好意送了東西來，倒會受老媽子一頓奚落，也就板了臉道：「吳嫂，囉哩囉唆，你說哪個？我為了范先生喜歡吃魚，買到兩條新鮮的，特意送了來，這難道還是惡意。你這樣不分青紅皂白亂說，你忘記了自己是個老媽子。」

吳嫂道：「是老媽子朗個的？我又不作你的老媽子。老實說，我憑力氣賺錢，乾乾淨淨，沒得空話人說，不作不要臉的事情。」她越說聲音越大，這裡的左右鄰居，聽到那罵街的聲音，早已有幾個人由大門裡搶出來觀望。

魏太太將身子一扭道：「我不和你說，回頭和你主人交涉。」說著，她就開快了步子，向街上走去。她又羞又氣，自己感到收拾不了這個局面，低著頭走路分不出東西南北，自己也不知道是要向哪裡去。及至感到身邊來往的人互相碰撞著，抬頭定睛細看，才知道莫名其妙的，走到了繁華市中心區精神堡壘。

她站在一幢立體式的樓房下面，不免呆了一呆，心裡想著：這應當向哪裡去，還是回家？還是找個地方玩去？回家沒有意思，反正兩個孩子都交給了楊嫂了。不過要說是去玩的話，也不妥當，有一個人去玩的嗎？事前並沒有約會什麼人去玩，臨時抓角色，誰願意來奉陪。現在總算有了時間，不如趁此機會，到看守所裡去看看丈夫。本來在魏端本入獄以後，還只看過他一次，無論如何這是在情理上說不過去的，就是每逢到親友問起來，魏先生的情形怎麼樣時，自己也老是感覺到沒有話答覆人家。現在到看守所裡去和他碰一次頭，至少在三兩天以內，有人問魏端本的事，那是可以應付裕如的。她有了這麼個主意，就向看守所那條大街上走去。

當她走了百十步之後，抬頭一看電線杆上的電燈，已經在發亮。她忽然想著：雖然丈夫關在看守所裡，而探監是什麼手續，自己還毫無所知。到了這個時候法院還允許人去探看犯人嗎？她遲疑著步子，正在考慮著這個問題，她忽然又想著：法院讓不讓進去，那是法院的事，去不去，卻是自己的事，就算魏端本是個朋友吧，也可以再去看看，何況自己正閒著呢。她是這樣地想，也就繼續地向前走。忽然有人在面前叫了一聲：「田小姐。」

站住腳向前看看，乃是洪五夾了一個大皮包，挺了胸脯走過來。他第二句便問：「到哪裡去？」魏太太道：「我上街買點東西，現在正要回家。」洪五牽著她的袖子，把她牽到人行路邊一點，笑道：「不要回家了，我帶你一個很好的地方去吃晚飯。」她道：「這樣早就吃晚飯，總也要到六點鐘以後再說吧。」洪五道：「當然不是現在就去，現在我也有一點事。我說的也是六點鐘以後的事。現在我還要到朋友那裡去結束一筆帳，你可不可以和我一路去？」魏太太道：「你和朋友算帳，我也跟了去，那算怎麼回事？」洪五道：「這個我當然考慮到的，但是我說去找的朋友之家，並不是普通人家，他們家根本就是門庭若市。你就不和我去，單獨地也可以去的。走吧走吧。」說著，挽了她一隻手就要向前拉。

魏太太扯著身體道：「那我不能去。我知道什麼地方？」洪五笑道：「你想，我會到哪裡去算帳結帳呢？無非是銀行銀號。銀號裡，誰不能去呢。」魏太太道：「能去，我為什麼要去。」洪五笑道：「我給你在那裡開個戶頭，你和他們作來往，你還不能去嗎？」

魏太太聽了這話，內心一陣奇癢，那笑容立刻透上了兩腮。可是她不肯輕易領這個人情，卻向他笑道：「你開什麼玩笑。你也當知道我是不是手上拿著現款不用的人。我會有錢拿到銀行裡去開戶頭嗎？」洪五道：「我又不是銀行裡的交際科長，我憑什麼拉你到銀行裡去開戶頭？我說這話，當然用不著你出錢。」

魏太太終於忍不住笑出來了，就扶了他的手臂道：「那我們就一路去看看吧，反正我也不會忘記你這番好意。」洪五一面和她並肩走著，一面笑道：「直到現在，你應當知道你的朋友裡面是誰真心待你。」魏太太走著路，將手連碰了他兩下手臂。因道：「這還用得著你說嗎？我把什麼情分對待你，你也應當明白。」洪五笑道：「但願你永遠是這個態度，那就很好。」魏太太道：「我又怎麼會不是這個態度呢？」

兩人越說越得勁，也就越走越帶勁，直走到一家三祥銀號門口停了腳步，魏太太才猛然省悟，這事有點不對。現在已是四點多鐘，銀行裡早已停止營業，就是銀號也不會例外。這個時候，到銀號裡去開個什麼戶頭？她的臉上，立刻也現出了猶豫之色。洪五見她先朝著銀號的門看看，然後臉上有些失望，立刻也就明白了。笑道：「你以為銀號營業，已經過了時，我說的話是冤你的嗎？我果然冤你，冤你到任何地方去都可以，我何必冤你到銀號裡來，而況銀號這種地方……」

魏太太恐怕透出自己外行，這就向他笑道：「你簡直像曹操，怎麼這樣多心？我臉上大概有些顏色不平常吧？這是我想起了一樁心事，這心事當然是和銀行銀號有關的，這個你就不必問了。」洪五果然也不再問，向她點了兩個頭，引著她由銀號的側門進去。

這銀號是所重慶式的市房，用洋裝粉飾了門面的。到了裡面，大部分的屋子是木板隔壁，木板上開了不少的玻璃窗戶，電燈一齊亮著，隔了窗戶，可以看到裡面全是人影搖動。經過兩間屋子時，還聽到裡面撥動算盤子的聲音，放爆竹似的，她這就放了人半顆心，覺得銀號的大門雖然關了，可是裡面辦業務的人那份工作緊張，還有很驚人的，也許是熟人在這時候照樣的開戶頭。這些她就不多言，隨了洪五，走到後進屋子裡去。

正面好像是一間大客廳，燈火輝煌中，看到很多人在裡面坐著。喧譁之聲，也就達於戶外。但洪五並不向那裡走，引著她走進旁邊一間屋子裡去，這裡是三張籐製仿沙發椅子，圍了一張矮茶几。到是另有一套寫字桌椅，彷彿是會客而兼辦公的屋子。他進來了，隨著一位穿西裝的漢子也進來了。他向洪五握著手笑道：「五爺這幾天很有收穫。」洪五笑道：「算不了什麼，幾百萬元鈔票而已，現在的幾百萬元，又作得了什麼大事。」於是給他向魏太太介紹，這是江海流經理。介紹過之後，他立刻聲明著道：「我介紹著田小姐在貴號開個戶頭，希望你們多結十點利息。」

江海流笑道：「請坐請坐，五爺介紹的那不成問題。今天當然是來不及了。當然是支票了，請把支票交給我，我開著臨時收據，明天一早，就可以把手續辦好。」他一面說話，十面忙著招待，叫人遞茶敬菸。洪五先坐下來，他似乎不屑於客氣，首先把皮包打開來。見江海流坐在對面椅子上，就向他笑道：「明天又是比期，我們得結一結帳了。」

江海流見茶房敬的菸，放在茶几上沒有用。客人似乎嫌著菸粗。這就在西服袋裡掏出賽銀扁菸盒子來，打開了蓋，托著送到洪五面前笑著：「來一支三五吧，五爺。」洪五伸手取了一支菸，還轉著看了一看。笑道：「你這菸，果然是真的。不過新貨與陳貨大有區別。」江海流道：「若是戰前的菸，再好的牌子，也不能拿出來請客吧？」說著，收回了菸盒子，掏出打火機來，打著了火給洪五點菸。洪五伸著脖子將菸吸著了。點了兩點頭笑道：「不錯，是真的三五牌。」他將左手兩個指頭夾住了紙菸，尖著嘴唇，箭一般的，噴出一口煙來。

魏太太在一邊看著，見他對於這位銀號經理，十分地漫不經心，這就也透著奇怪，不住地向主客雙方望著。洪五向她微笑了一下，似乎表示著他的得意，然後將放在大腿上的皮包打開，在裡面取出一疊像合約一樣的東西，右手拿著，在左手手掌心裡連連的敲打了幾下，望了江海流微笑著道：「我們是不是要談談這合約上的問題？」

江海流看到他拿出那合約來的時候，臉色已經有點變動。這時他問出這句話來，這就在那長滿了酒刺的長方臉上，由鼻孔邊兩道斜紋邊，聳動著發出笑容來。他那穿著西服的肩膀，顯然是有些顫動，彷彿是有話想說而又不敢說的樣子，對了洪五，只是微點了下巴頦。

洪五道：「你買了我們的貨，到期我若不交貨，怕不是一場官司。現在我遵守合約，按期交你們的貨，你們倒老是不提，可是我們拋出貨去的人，就不能說硬話了。貨不是還在手上嗎？自然我可以沒收那百分之二十的定錢，但是那不是辦法。因為我是缺少頭寸，才賣貨的。沒有錢，這比期我怎麼混得過去？我若是不賣給你們，賣給別人的話，在上個比期我的錢就到手了。我已經賠了一個比期的利息，還要我賠第二個比期的利息嗎？」他口裡這樣說著，手上拿了那合約，還是不住地拍打著。

江海流笑道：「這話我承認是事實。不過洪先生很有辦法，這一點貨凍結不到你。我們也是頭寸調不過來。若是頭寸調得過來的話，我們也不肯犧牲那筆定錢。」洪五嚇嚇地冷笑了一聲道：「犧牲那筆定錢？作生意的人，都是這樣的犧牲，他家裡有多少田產可賣？本來嗎，每包紗，現在跌價兩三萬，一百包紗就是二三百萬。打勝仗的消息，天天報上都登載著，說不定每包紗要跌下去十萬，有大批的錢在手上，不會買那鐵硬的金子，倒去作這跌風最猛的棉紗。不過當反過來想一想，若是每包紗漲兩三萬，我到期不交貨，你們是不是找我的保人說話？」

江海流經理，果然是有彈性的人物，儘管洪五對他不客氣，他還是臉上笑嘻嘻的。等他說完了，這就點點頭道：「五爺說的話，完全是對的。但是我們並不想拿回那筆定錢，也就算是受罰了。只要我們肯犧牲那筆定錢，我們也就算履行了合約。」洪五道：「當然我不能奈你何。可是這一百包紗放到了秋季，你怕我不翻上兩翻。那東西也不臭不爛，我非賣掉不可嗎？你們以為我們馬上收回武漢，湖北的棉花，就會整船的向重慶裝，沒有那樣容易的事；打仗不是作投機買賣，說變就變。明年秋天，也許都收復不了武漢。你們不要你以為我一定要賣給你們嗎！但是我也不能無條件罷休，我這裡有二百兩黃金儲蓄券，在你們貴號抵押點款子用用。請你把利息看低一點，行不行？」說著，他把那張合約再放進皮包，再把裡面的黃金儲蓄券取出來。

魏太太在旁邊側眼看著，大概有上十張。她想，洪五說是有二百兩黃金，那絕不錯。他無非又是套用老范那個法子，押得了錢再去買黃金。那江海流恰也知道他這個意思，便向他笑道：「五爺大概證實了，黃金官價，下個月又要提高。轉一筆現鈔在手上，再拿去買黃金儲蓄。」洪五笑道：「既然知道了，你就替我照辦吧。」

江海流向他微笑著，身子還向前湊了幾寸路，作個懇切的樣子，點了頭道：「過了這個比期再辦，好不好？」洪五笑道：「你以為我過得了比期？」正說到這裡，一個茶房進來說有電話。江海流出去接電話去了，洪五悄悄地向她笑道：「你看到沒有？不怕他是銀號裡的經理，我小小地敲他一個竹槓，他還是不能不應酬。」魏太太看他可以壓倒銀行家，也是很和他高興的。向他低聲道：「你真可以的。」洪五笑著點了兩點頭，彼此默然相視而笑。

這就聽到江海流在隔壁屋子裡接電話，發出了焦急的聲音道：「這就不對了，顏先生……我們這樣好的交情，你不能在比期的前夜給我們開玩笑。這個日子，我們差不了兩千萬。」說到這裡，他接連地稱是了一陣，彷彿是聽電話那邊的人訓話。隨後他又道：「雖然我們也作了一點黃金儲蓄，那都是同事們零星湊款，大家湊趣的。你真要我們把這些儲蓄券拿出來，也未嘗不可以。不過顏先生對我們小號的交情就似乎有點欠缺了。哦！說到洪五爺他正在我們這裡。我們的帳目全都答應展期了。哦！要洪五爺說話，好好！」

聽到這裡，洪五自取出紙菸來吸著，頭放在椅子靠背上，兩眼翻著望了天。煙由口裡噴出來，像是高射炮。這時，江海流走了進來，一路的拱著揖，他笑道：「五爺，顏老總來了電話，正和我們為難，請你去給我們圓轉兩句，我說你的帳目，已經解決了。」

洪五笑道：「全都解決了？拿貨款來。」說著伸出一隻手向江海流招了幾招。江海流還是抱了拳連連地拱著。洪五站起來笑道：「我的話不能白說，你得請我吃一頓。」江海流道：「那沒有問題，我一定辦到，我一定辦到。」口裡說著，手上還連連的拱著。在這種客氣的條件下，洪五就跟著走了。

魏太太坐一旁，雖沒有開言，可是她心裡想著：洪五和老范，同是作投機買賣的人，那就相差得多了。老范到銀行裡去求人，還要吃萬利銀行的虧。老洪到這銀號裡來，只管在經理面前搭架子，這位經理，還是不住地向他說好話。這也就可以知道兩個人的勢力大小了。

她這樣想著，就不免對那皮包注視了一下。洪五走得匆忙，他丟下皮包，起身就出門去了。這皮包恰是不曾蓋起來，三折的皮面，全是敞開的，而且皮包就放在椅子上她手邊。她隨手在皮包夾子裡掏了一下，所掏著的，是整疊的硬紙。抽出來看時，便是洪五剛才表現的那疊黃金儲蓄券。當面一張，填的數目就為五十兩，戶頭是洪萬順。洪五的名字叫清波，倒是相當雅緻的，這個戶頭絕對是個生意買賣字號。這可見作黃金儲蓄的人，隨便寫戶頭，不必和他的本名有什麼關係。

她一面想著一面翻弄著那疊黃金儲蓄券。這裡面的數目有十兩八兩的，戶頭有趙大錢二之類的。她想著，順便和老洪開開玩笑，把那戶頭普通的給抽下兩張，看他知道不知道。她帶著笑容，就抽出三張儲蓄券來，順手塞到衣服袋裡，把其餘依然送到洪五的皮包裡去。

她這時幾乎是五官四肢一齊動用，手裡作事，耳朵卻聽著洪五在隔壁屋子裡打電話，但聽他哈哈大笑，說一切好商量好商量，似乎正在高興頭上。這又隨手在皮包裡摸索一陣，拿出來一大疊單據來看看，裡面有本票，有收條，有支票。其中的支票，也形式不一，有劃現的，有抬頭的，也有隨便開的。

數目字都是幾十萬。而其間幾張銀行本票，至少的也是十五萬，在賭場上時見著中央銀行的五萬元本票，大家都笑著說要把它贏了過來，當為個良好的彩頭。中央銀行的本票，和其他銀行的本票又不同，拿到大街上去買東西，簡直當現鈔用。這時眼面前就擺著有十五萬元，五十萬元，七十萬元的中央銀行本票。為什麼不順手拿過來呢？心裡這一反問，她又把三張本票揣到口袋裡去了。

但那些支票，她拿在手上，還看了沉吟著。她想劃現和抬頭支票，當然不能拿。就是普通支票，也當考慮。到銀行裡去取現的時候，很可能會遭受到盤問的。她正是拿不定主意，就聽到洪五在電話裡說著再會。這也就不能再耽誤了，立刻把所有的支票收條，一把抓著，向那皮包裡塞了進去。

接著聽到洪五在屋子外面笑著：「該請客了，一切是順利解決。」她心裡到底是有點搖撼，她就站起身來，迎到屋子門口去，手皮包也夾在肋下。看到了洪五，首先表示著一種等得不耐煩的樣子，然後皺了眉道：「我還有事呢，要先走了，反正今天開戶頭也來不及了。」洪五笑道：「田小姐，你忙什麼呢？這裡江經理要請客呢。」

江海流在後面跟著來，臉上也是笑容很濃，而且這番笑意，不是先前那番苦笑，而是眉飛色舞由心裡高興出來的樣子。他鞠著半個躬道：「田小姐，你倒是不必客氣。我們敝號裡有個江蘇廚子，一部分朋友都說他的手藝可以，隨便三五個人，邀著到我們這裡來吃便飯的事，常常有之。剛才問過了廚子，今天正買著了一條好新鮮青魚。」洪五走進屋子來，很不經意地收起了他的皮包在手上提著。向她笑道：「他們的便飯，可以叨擾，我說市面上的話，負責要得。」

魏太太最是愛吃點兒好菜。洪五點明了要江經理請他，而江經理請的就是在本銀號裡面，想必這廚子必定不錯。而且認識這位銀號經理，對自己也沒有什麼不好之處，也就笑著點點頭道：「那就叨擾吧。」於是洪五在前引路，魏太太跟著，最後是江海流壓陣。走了幾步，江海流在後叫道：「田小姐，你丟了東西哩。」可是她回頭看時，臉就通紅了。

第十回　破綻中引出了線索

原來江經理所說魏太太遺落的東西，這是讓人注意的玩意，乃是一張中央銀行五十萬元的本票。那江經理口裡說著，已是在地面上將這張本票撿了起來，手裡高高地舉起，向她笑道：「田小姐，你失落這麼一張本票，大概不算什麼。可是非親眼得見，由你身上落下來，我撿著了這張東西，還是個麻煩：收起來，怕是公家的；不收起來，交給誰？」魏太太深怕他洩漏這祕密，他卻偏是要說個清清楚楚。她趕快回轉身來，說了聲謝謝，將這張本票接了過去，立刻向身上揣著。

洪老五對於這事，倒也並沒有怎樣地介意。他們賓主三人，都到了樓上的時候，這位江經理真肯接受洪老五的竹槓，在餐廳裡特意的預備下了一張小圓桌，桌子上除已擺下菜碟而外，還有一把精美的酒壺，放在桌子下首的主位上。魏太太對於這酒的招待，很有戒心，看到之後，就喲了一聲。洪老五好像很了解她這個驚嘆姿態，立刻笑道：「沒有關係。你不願喝，你就不必喝吧。這是江經理待客的一點誠意。」魏太太說了聲多謝，和洪老五同坐下。

吃時，除了重慶所謂雜鑲的那個冷葷之外，端上來的第一碗菜，就是紅燒海參。魏太太心裡正驚訝著，洪五舉起筷子瓷勺來，先就挑了一條海參，放到他面前小碟子裡去，笑道：「在戰前，我們真不愛吃海參，可是這五六年來，先是海口子全封鎖了，後來是濱海各省的交通，也和內地斷了關係，海參魚翅這類東西就在館子裡不見面了。後方的人，本來沒有吃這個的必要，也就沒有人肯費神，把這東西向裡運。不過有錢的人，總是有辦法，他要吃魚翅海參的話，魚翅沒有，海參總有。」說著，他伸著筷子頭，向海參菜碟子裡，連連地點了幾下，又笑向魏太太道：「有款子只管放到三祥銀號來，你看江經理是一位多麼有辦法的人。」

江海流笑道：「這也不見得是有什麼辦法。有朋友當衡陽還沒有失守的時候，由福建到重慶來，就帶些海味送人。我們分了幾十斤乾貨，根本沒有捨得吃。現在勝利一天一天地接近，吃海參的日子也就來了，這些陳貨可以不必再留，所以我們都拿出來請客。大概再請幾回，也就沒有了。」洪五向魏太太笑道：「我說怎麼樣，有個地方可以吃到好菜吧？這些菜在館子裡你無論如何是吃不到的。」

正說到這裡，茶房又送一盤海菜來，乃是炒魷魚絲。裡面加著肉絲和嫩韭菜紅辣椒，顏色非常的好看。她笑道：「戰前我就喜歡吃這樣菜。雖然說是海菜，每斤也不過塊兒八毛的。現在恐怕根本沒有行市吧？」她含笑向江海流望著。江海流道：「魷魚比海參普通得多，館子裡也可以吃到。田小姐愛吃這樣菜，可以隨時來，只要你給我打個電話，我就給你預備著。吃晚飯吃午飯都可以。」洪老五笑道：「這話是真。他們哪一餐也免不了有幾位客人吃便飯。今天除了我們這裡一個小組織，那邊大餐所裡，還有一桌人。」魏太太笑道：「這可見得江經理是真好客啊。」

他們說著話，很高興地吃完了這頓飯。依著江海流的意思，還要請兩人喝杯咖啡。可是魏太太心裡有事，好像挺大的一塊石頭壓在心上似的，這顆心只是要向下沉著。便笑道：「江經理，我這就打擾多了。下次……」她說到下次，突然地把話忍住，喲了一聲道：「這話是不對的。出是剛吃下去。我又打算叨擾第二頓了。」說著話，她就起身告辭。

主人和洪老五都以為她是年輕小姐好面子，認為是失了言，有些難為情，所以立刻要走，也就不再去挽留她了。洪老五確是有筆帳要和三祥銀號算，只跟著她後面，送到銀號門口，看到身後無人，悄悄地笑道：「對不住，我不曉得你要先走，要不然，我老早就把帳結了，和你一路看電影去。今天晚上，你還可以出來嗎？我還有點東西送你。」魏太太笑道：「今天晚上，我可不能出來了。」洪五搶上前一步，握著她的手，搖撼著笑道：「你一定要來，哪怕再談半小時呢，我都心滿意足。上海咖啡店等你，好嗎？」魏太太因他在馬路上握著手，不敢讓他糾纏得太久了，就點了頭道：「也好吧。」說著，把手摔了開來。但洪五並不肯放了這件事，又問道：「幾點鐘？九點鐘好嗎？」魏太太不敢和他多說話，亂答應了一陣好好，就走開了。

她回到家裡，首先是把衣兜裡揣著的黃金儲蓄券和本票拿出來。她是剛進臥室門的，看到這兩樣東西還在，她回轉身來將房門掩上，站在桌子邊，對了電燈把數目詳細地點清著。儲蓄券是七兩一張，八兩一張，二十五兩一張，共是四十兩，本票是十五萬元一張，五十萬元一張，七十萬元一張，共一百三十五萬。這個日子，四十兩金子，和一百三十五萬元的現款，那實在不是一件平常的事。這儲蓄券是新定的，雖然要到半年後，才可以兌到黃金，可是現在照三萬五一兩的原價賣出去，應該沒有什麼困難，就算買主要貪點便宜，三萬整數總可以賣得到手，那就是一百二十萬了。二百多萬的現款拿在手上，眼前的生活困難總算是可以解決的，何況手上還零碎積攢得有幾十萬塊錢，兩副金鐲子，兩顆鑽石戒指，這也是百萬以上的價值。有三百多萬元，勝利而後定是可以在南京買所房子。

她拿了幾張本票和黃金儲蓄券在手上看著，想得只管出神，忽然房門推著一下響，嚇得她身子向後一縮，將手上拿的東西，背了在身後藏著。其實並沒有事，只是楊嫂兩手抱了小渝兒送進房來。因為她沒有閒手推門，卻伸了腳將門一踢。

魏太太道：「你為什麼這樣重手重腳？膽子小一點，會讓你嚇掉了魂。」楊嫂笑道：「往日子我還不是這樣抱著娃兒進來？我早就看到太太進來，到現在，衣服還沒有脫下，還要打算出去唆？」魏太太道：「這個時候了，我還到哪裡去。你把孩子放下來，給我買盒子菸去。」楊嫂笑道：「太太買香菸吃，這是少見的事喀。有啥子心事吧？」魏太太的手皮包還放在桌上，就打了開來，取了兩張鈔票交給她。楊嫂當然不追究什麼原因，將孩子放在床上，拿了錢就出去了。

魏太太將本票和黃金儲蓄券，又看了一看，對那東西點了兩點頭，就打開了皮包，把兩本票子都放了進去，且把皮包放在床頭的枕頭底下。自己身子靠了木架子的床欄杆坐著，手搭在欄杆上，託了自己的頭，左腿架在右腿上，不住地前後搖撼。她的眼睛，望了面前一張方桌子，她回想到在三祥銀號摸洪五皮包的那一幕。

她想著不知有了多少時候，楊嫂拿一包菸，走進屋子來，看到她雖坐在床沿上，穿的還是出門的衣服，架著的腿，還是著皮鞋呢。笑道：「硬是還要出去。」她站在主人身邊，斜了眼睛望著。魏太太倒不管她注意，拿了菸盒子過來，取一支菸在嘴裡銜著，伸了手向楊嫂道出兩個字：「火柴。」她兩隻眼睛，還是向前直視著，儘管想心事。

楊嫂把火柴盒子遞到她手上，她擦了一根火柴，把紙菸點著了，就遠遠地將火柴盒子向方桌上一扔。還是那個姿態，手搭在床欄杆上，身子斜靠著。不過現在手不托著頭，而是將兩個指頭夾了紙菸。她另一隻手的指頭，卻去揉搓著衣襟上的鈕扣。楊嫂這倒看出情形了，很從容地問道：「今天輸了好多錢？二天不要打牌就是。錢輸都輸了，想也想不轉來。先生在法院裡還沒有出來。太太這樣賭錢，別個會說空話的。你是聰明人嗎，啥子想不透。」魏太太噴著煙，倒噗嗤一聲笑道：「你猜的滿不是那回事。你走開吧，讓我慢慢地想想看。給我帶上門。」楊嫂直猜不出她是什麼意思，就依了她的話出去，將房門帶上。

她靜靜地坐著，接連地吸了四支菸。平常吸完大半支紙菸，就有些頭沉沉的，沒有法子把菸吸完。這時雖然吸了四支菸，也並不感到有什麼醉意。她還是繼續地要吸菸，取了一支菸在手，正要到方桌子上去拿火柴，卻聽到陶太太在房門外問道：「魏太太在家裡嗎？」她答道：「在屋子裡呢，請進來。」

陶太太推門進來，見她是一身新豔的衣服，笑道：「我來巧了，遲一步，你出門了。」魏太太道：「不，我剛回來，請坐坐吧。」陶太太道：「我不坐，我和你說句話。」說著，她走到魏太太身邊，低聲道：「老范在我們那裡，請你過去。」她說這話時，故意莊重著，臉上不帶絲毫的笑容。

魏太太道：「我還是剛回來，不能賭了，該休息休息。」陶太太搖了頭笑道：「不邀你去賭錢。范先生說，約你去有幾句話說。」魏太太道：「他和我有話說？有什麼話說呢？我們除了賭錢，並沒有什麼來往。你說我睡了，有話明日再談吧。」陶太太兩手按了方桌子，眼光也射在桌子面上，似乎不願和她的目光接觸。放出那種不在意的樣子道：「還是你去和他談談吧。我夫妻都在當面，有什麼要緊呢？他原來是想逕自來找你的。後來一想，魏先生不在家，又是晚上，他就到我家去了。看他那樣子，好像有什麼急事的樣子。」魏太太低頭想了一想道：「好吧，你先回去，我就來。」陶太太倒也不要求同走，就先去了。

魏太太將床頭外的箱子打開將皮包裡的東西，都放到箱子裡去。手上兩個鑽石戒指，也脫了下來，都塞到箱子底衣裳夾層裡去。然後，把身上這套鮮豔的衣服換下，穿起青花布袍子。皮鞋也脫了，穿著便鞋。她還怕這態度不夠從容的，又點了一支紙菸吸著，然後走向陶家來。在陶伯笙的屋子外面，就聽到范寶華說話，他道：「交朋友，各盡各的心而已。到底誰對不住誰，這是難說的。」魏太太聽到這話，倒不免心中為之一動，便站住了腳不走，其後聽到老范提了一位朋友的姓名，證明那是說另外的人，這就先叫了聲范先生，才進屋去。

見陶伯笙夫妻同老范品字式的在三張方凳子上坐著，像是一度接近了談話。點了個頭笑道：「范先生找局面來了？」范寶華也只點了個頭，並不起身，笑道：「可不是找局面來了。這裡湊不起來，我們同到別個地方去湊一場，好不好？」魏太太道：「女傭人正把孩子引到我屋子裡來，晚上我不出去了。」范寶華道：「那就請坐吧，我有點小事，和你商量商量。」

魏太太看他臉上，放出了勉強的笑容，立刻就想到所談的問題，不會怎樣的輕鬆。於是將兩個手指，夾了紙菸，送到嘴裡吸了一口，然後噴出煙來笑道：「若要談生意經，我可是百分之百的外行。」說著，她自拖了一隻方凳子，靠了房門坐著。范寶華道：「田小姐，你不會作生意？那也不見得吧？明天是比期，我知道你到電燈上火了，還在三祥銀號。不知道你是抓頭寸呢？還是銀號向你要頭寸。」

魏太太立刻想到，必是洪五給他說了，哪裡還有第二個人會把消息告訴他，立刻心裡怦怦跳了兩下，但她立刻將臉色鎮定著笑道：「范先生不是拿窮人開心？銀號會向我這窮人商量頭寸？人家那樣不開眼。」范寶華道：「這個我都不管。那家銀號的江經理，不是請你和洪五爺吃飯嗎？洪五爺掉了一點東西，你知道這事嗎？」

她聽到這話，心房就跳得更厲害了，但她極力地將自己的姿態鎮靜，不讓心裡那股紅潮湧到臉腮上來，笑著搖搖頭道：「不知道。我們在那銀號樓上吃完了晚飯，江經理還留我們喝咖啡呢。我怕家裡孩子找我，放下筷子就走了。洪五爺是後來的，他掉了什麼東西呢？在銀號裡丟得了東西嗎？」范寶華道：「哦！你不知道那就算了，我不過隨便問一聲。」

魏太太見他收住了話鋒，也落得不提。立刻掉轉臉和陶太太談話。約莫談了十分鐘，便站起來道：「孩子還等著我哄他們睡覺。我走了，再見。」她說得快，也就走得快，可是走到雜貨店門外，范寶華就追上了。老遠地就叫道：「田小姐，問題還沒有了，忙著走什麼。」他說話的聲音很沉著，她只好在店家屋簷下站著。

范寶華追到她面前，回頭看看，身後無人。便低聲道：「你今天是不是又賭輸了錢？」魏太太道：「我今天沒賭錢，你問我這話，什麼意思？我倒要問你，我今天好心好意，送兩條新鮮魚到你家去，你那位寵臣吳嫂，為什麼給我臉子看？不讓我進門，這也無所謂，我就不進去。指桑罵槐，莫名其妙說我一頓，用意何在？」

范寶華道：「吳嫂得罪了你，我向你道歉。至於我問你是不是又賭輸了，這是有點緣故的。因為你一賭輸了想撈回本錢，就有些不擇手段。當然我說這話，是有證據的，絕不能信口胡謅。」魏太太道：

「我為了那件事，被你壓迫得可以了，你動不動，就翻陳案，你還要怎麼樣呢？今天我不是還送新鮮魚給你吃嗎？我待你不壞呀。」

范寶華聽了她這話，心裡倒軟了幾分。因低聲道：「佩芝，你不要誤會，我來找你說話，完全是好意，不是惡意。洪老五那個人不是好惹的，而且他對你一再送禮，花錢也不少，你為什麼……我不說了，你自己心裡明白。」魏太太道：「我明白什麼？我不解。洪老五他在你面前說我什麼？」

范寶華道：「他說他在三祥銀號去打電話的時候，皮包放在你身邊。他丟了三張本票，三張黃金儲蓄券。他當然不能指定是你拿了，不過你在三祥銀號，就落了一張本票在地上。由這點線索上，他認為你是撿著他的東西的。據說，共總不過二百多萬，以我的愚見，你莫如交給我，由我交給他，就說是你和他鬧著好玩的。我把東西交給他了，我保證他不追問原因，大家還是好朋友，打個哈哈就算了。」

魏太太道：「和你們有錢的人在一起走路，就犯著這樣大的嫌疑。你們丟了東西，就是我拿了，他唯一的證據，就是我身上落下了本票。這有什麼稀奇，鈔票和本票一樣，誰都可以帶著，不過你們拿的本票，也許數目字比我們大些而已，難道為了我身上有一張本票，就可以說是我拿了別人的本票？反正我有把柄在你手上，你來問我，我沒有法子可以抬起頭來，若是他姓洪的直接這樣問我，我能依他嗎？范先生，你又何必老拿那件事來壓迫我呢？我那回事作錯以後，我是多大的犧牲，你還要逼我。」說著，嗓子哽了，抬起手來擦眼淚。

范寶華聽了她的話，半硬半軟，在情理兩方面都說得過去。這就呆呆地站在她面前，連嘆了幾口氣。魏太太道：「你去對洪老五說，不要欺人太甚。我不過得了他一枚半鑽石戒指，我也不至於為了這點東西，押在他手下當奴隸。」說著，扭轉身就向家裡走。

范寶華追著兩步，拉住她的手道：「不要忙，我還有兩句話交代你。你既然是這樣說了，我也不能故意和你為難。不過我有兩句忠言相告，這件事我是明白的。你縱然不承認，可是你也不要和洪老五頂撞著。最好你這兩天對他暫時避開一下。」

魏太太道：「那為什麼？」范寶華道：「不為什麼。不過我很知道洪五這個人。願意花這筆錢，幾百萬他不在乎。不願意花這筆錢，就是現在的錢，三十五十，他也非計較不可。他既然追問這件事，他就不能隨便放過。你是不是對付得了他？你心裡明白，也就不用別人瞎擔心了。這幾句話可是我站在朋友的立場上，向你作個善意的建議。回家去，你仔細地想想吧。我要走了，免得在陶家坐久了，又發生什麼糾紛。」說著，他首先抬起一隻手來，在空中搖擺了幾下，在搖擺的當中，人漸漸地走遠。

魏太太以為他特意來辦交涉，一定要逼出一個結果來的。這時他勸了幾句話，倒先走了。她站在屋簷下出了一會神，慢慢地走回家去。

楊嫂隨在她後面，走到屋子裡來，問道：「陶太太又來邀你去打牌？」魏太太坐在床沿上，搖了兩搖頭。楊嫂道：「朗個不是？那個姓范的都來了。我說，這幾天，你硬是不能打牌了，左右前後街上的人，見了我就問，說是你們先生吃官司，你們太太好衣服穿起，還是照常出去耍，一點都不擔心嗎？我說你不是耍，就是和先生的官司跑路子，他們都不大信。你看嗎，我們前面就是冷酒店，一天到晚，啥子人沒得，你進進出出，他們都注意喀。話說出去了，究竟是不大好聽。我勸你這幾天不打牌，等先生出來了再說。」

魏太太望了她道：「這冷酒店裡，常有人注意著我嗎？」楊嫂道：「怕不是？你的衣服穿得那樣好，好打眼睛囉！」魏太太默然地坐著吸菸，卻沒有去再問她的話。楊嫂也摸不出來主人是什麼心事，站著又勸了幾句，自行走開。不過她最後的一句話，和范寶華說的相同，請她自己想想。

魏太太坐在床沿上，將手扶了頭，慢慢地沉思，好在並沒有什麼人在打斷她的思想，由她去參禪。她想得疲倦了，兩隻腳互相撥弄著鞋子，把鞋子撥掉了，歪身就倒了下去。但她不能立刻睡著，迷糊中，覺得自己的房門，是楊嫂出去隨手帶上的，並沒的插門。自己很想起來插門，可是這條身子竟是有千斤之重，無論如何抬不起來。她想到箱子裡有本票，有黃金儲蓄券，尤其是有鑽石戒指兩枚，打開房門睡覺，這是太不穩當的事。用了一陣力氣，走下床來，徑直就奔向房門口。

可是她還不曾將手觸到門閂呢？門一推，洪老五搶了進來。他瞪著兩隻眼睛，吹著小鬍子，手上拿了根木棍子，足有三尺長。他兩手舉了棍子那頭，指著魏太太喝罵道：「罵你這個不要臉的東西，專門偷朋友的錢。你還算是知識分子，要人家叫你一聲小姐。你簡直是和小姐們丟臉。我的東西，快拿出來，要不然，我這一棍子打死你。」說時，他把那棍子放在魏太太頭上，極力的向下壓。她想躲閃，也無可躲閃，只有向下挫著。她急了舉起兩手，把頭上這棍子頂開。用大了力，未免急出一身汗來，睜眼看時，這才明白，原來是一場夢。

壓在頭上的棍子，是小渝兒的一隻小手臂。當自己一努力，身子扭動著，小渝兒的手，被驚動了縮去大半，只有個小拳頭還在額角邊。她閉著眼睛，定了定神，再抬起頭看看房門，不果然是敞著的嗎？她想著這夢裡的事，並沒有什麼不可實現的。外面是冷酒店，誰都可以來喝酒，單單地就可以攔阻洪五爺嗎？不但明天，也許今晚上他就會來。

她是自己把自己恐嚇倒了，趕快起床，將房門先閂上，閂上之後，再把門閂上的鐵搭鈕釦住。她還將兩手同時搖撼了幾下門，覺得實在不容易把門推開的，才放下了這顆心。可是門關好了，要矚物的不會來，若是剛才到陶家去，這門沒有反鎖之時，出了亂子那怎麼辦？她又急了，喘著氣再流出第二次汗來。

第十一回　賭徒的太太

心理的變態，常常是把人的聰明給塞住了。魏太太讓這個夢嚇慌了，她沒有想到她收藏那些贓物的時候，並不曾有人看見，這時，在枕頭底下摸出了鑰匙，立刻就去開床頭邊第三只箱子的鎖。本來放鑰匙放箱子，那都是些老地方，並沒有什麼可疑的。這時在枕頭下摸出了鑰匙，覺得鑰匙就不是原來的那個地方，心裡先有一陣亂跳，再走到箱子邊，看看那箱子上的鎖，卻是倒鎖著的。她不由得呀了一聲道：「這沒有問題，是人把箱子打開了，然後又鎖著的。」於是搶著把箱子打開，伸手到衣服裡面去摸。這其間的一個緊要關頭，還是記得的，兩枚鑽石戒指，是放在衣服口袋裡的。她趕快伸手到袋裡面去摸，這兩枚戒指，居然還在。但摸那鈔票支票本票，以及黃金儲蓄券時，卻不見了。

她急了，伸著手到各件衣服裡面去摸索，依然還是沒有，剛剛乾的一身汗，這時又冒出第三次了。她開第二個箱子的時候，向來是簡化手續，並不移動面上那個小箱子。掀開了第二個箱子的箱蓋，就伸手到裡面去抽出衣服來。這次她也不例外，還是那樣的做。現在覺得不對了，她才把小箱子移開，將箱子裡的衣服，一件件地拿出來，全放到床上去。直把衣服拿乾淨了，看到了箱子底，還不見那三種票子。

她是呆了。她坐在床沿上想了一想，這件事真是奇怪。偷東西的，為什麼不把這兩枚鑽石戒指也偷了去呢？若說他不曉得有鑽石戒指，他怎麼又曉得有這麼些個票子呢？她呆想了許久，嘆了幾口長氣，無精打采地也只好把這些衣服，胡亂地塞到箱子裡去，直等把衣服送進去大半了，卻在一條褲腳口上，發現了許多紙票子，拿起來看時，本票支票儲蓄券，一律全在。

她自嗤的一聲笑了起來。放進這些東西到箱子裡去的時候，自己是要找一個大口袋的。無意之中，摸著褲腳口，就把東西塞到裡面去了。哪裡有什麼人來偷，完全是自己神經錯亂。這時，算是自己明白過來了。可是精神輕鬆了，氣力可疲勞了，大半夜裡起來，這樣的自擾了一陣，實在是無味之至。眼看被上還堆了十幾件衣服，這也不能就睡下去。先把皮包在枕頭下拿出來，將這些致富的東西，都送到皮包裡去，再把皮包放到箱子裡。至於這些衣服，對它看看，實在無力去對付它，兩手胡亂一抱就向箱子裡塞了去。雖然它們堆起來，還比箱沿高幾寸，暫時也不必管了。將箱子蓋使勁向下一捺，很容易地蓋上，就給它鎖上。隨著把小箱子往大箱子上壓下去，算把這場紛擾結束了。

不過有了這場紛擾，她神經已是興奮過度，在床上躺下去卻睡不著了。唯其是睡不著，不免把今天今晚的事都想了一想。范寶華來勢似乎不善，可是他走的時候，卻有些同情，可能他先是受著洪五的氣話，所以要來取贓。他後來說是躲開一點的好，那不見得是假話。你看洪五到朱四奶奶家去，她都很容忍他，確是有幾分流氣。避開也好，有幾百萬元在手上，什麼事不能做，豈能白白地讓他拿了回去？

她清醒半醒的，在床上躺到天亮。一骨碌爬起來，就到大門外來，向街上張望著。天氣是太早了，這半島上的宿霧，兀自未散，馬路上行人稀落，倒是下鄉的長途班車，丁叮噹當，車輪子滾著上坡馬路，不斷的過去。在汽車邊上，懸著木牌子，上寫著渝歌專車。她忽然想到歌樂山那裡，很有幾位親友，屢次想去探望，都因為怕坐長途巴士受擁擠，把事情耽誤了。現在可以不必顧到汽車的擁擠，保全那些錢財要緊。

她忽然有了這個念頭，就把楊嫂叫了起來，告訴要下鄉去，一面就收拾東西。好在抗戰的公務員家屬，衣服不會超過兩個箱子。她把新置的衣鞋，全歸在一隻箱子裡，其餘小孩子衣服打了兩個大包袱。把隔壁陶太太請過來告訴她為了魏端本的官司，得到南岸去找幾個朋友，恐怕當天不能回來，只有把兩個孩子也帶了去，房門是鎖了，請她多照應一點。陶太太當然也相信。請她放心，願意替她照顧這個門戶。

魏太太對於丈夫，好像是二十四分的當心，立刻帶了兩個孩子和楊嫂雇著人力車出門去了。僱車子的時候，她說的話，是汽車站而不是輪渡碼頭，陶太太聽著，也是奇怪，但她自己也有心事，卻沒有去追問她。她的行為，是和魏太太相反的，除了上街買東西，卻是不大出門，在屋子裡總找一點針線作。恰是這兩天女工告病假走了，家事是更忙，她沒有心去理會魏太太的家事。

這天下午，李步祥來了。他也是像陶伯笙一樣的作風，肋下總夾著一個皮包，不過他的皮包，卻比陶伯笙的要破舊得多而已。他到這裡，已經是很熟的了，見陶太太拿了一隻線襪子用藍布在補腳後跟。那襪子前半截，已經是補了半截底的了。站著笑道：「陶太太，你這是何苦？這襪底補了再補，穿著是不大舒服的。你只要老陶打唆哈的時候，少跟進兩牌，你要買多少襪子？」陶太太站起來，扯著小桌子抽屜，又在桌面報紙堆裡翻翻。

李步祥搖搖手道：「你給我找香菸？不用，我只來問兩句話，隔壁那位現時在家裡嗎？」陶太太道：「你也有事找她嗎？她今天一早，帶著孩子們到南岸去了，房門都上了鎖。」李步祥道：「我不要找她，還是老范問她。她若在家，讓我交封信給她。這封信就托你轉交吧。」說著，打開皮包，取出封信，交到陶太太手上。

她見著信封上寫著「田佩芝小姐展」七個字，就把信封輕輕在桌沿上敲著道：「你們男子漢，實在是多事。人家添了兩個孩子的母親，一定要把她當作一位小姐。原來她只是賭錢，現在又讓你們教會了她跳舞了。生活這樣高，人家家中又多事……」李步祥拱拱手道：「大嫂子，這話你不要和我說，我根本夠不上談交際。這封信我也是不願意帶的。據老范說，這裡面並不談什麼愛情。有一筆銀錢的交涉，而且數目也不小。本來這封信是可以讓老陶帶來的，老陶下不了場，只好讓我先送來了。誰知道她不在家。」

陶太太搖了兩搖頭道：「老陶賭得把家都忘了，昨天晚上出去，到這時候還是下不了場。輸了多少？」李步祥道：「我並不在場賭，不知道他輸多少。其實這件事，你倒不用煩心，反正你們逃難到四川來，也沒有帶著金銀寶貝。贏了，他就和你們安家，輸了，他在外面借債，償還不了，他老陶光桿兒一個，誰還能夠把他這個人押了起來不成？」

陶太太道：「這個我怕不曉得，但這究竟不是個了局吧？就像你李老闆，也不是像我們一樣，兩肩扛一口，並沒有帶錢到四川來的，可是你夾上一隻皮包終日在外面跑，多少有些辦法，就說買黃金吧，恐怕你不買了二三十兩。每兩賺兩萬，你也搞到了五六十萬。你看我們老陶，搞了什麼名堂？……就是認到一班說大話的朋友。談起來就是幾十萬幾百萬，誰看到錢在哪裡？說他那個皮包，你打開來看，你會笑掉牙。也不知道是哪家關了門的公司，有幾分認股章程留下，讓他在字紙簍裡撿起來，放在皮包裡了，此外是十幾個信封，兩疊信紙，還有就是在公共汽車站上買的晚報。夾了那麼個東西，跑起來多不方便。」

李步祥笑道：「我倒替老陶說一句，夾皮包是個習慣。不帶這東西，倒好像有許多不方便。不但信紙信封，我連換洗衣服手巾牙刷，有時候都在皮包裡放著的，為的是要下鄉趕場，這就是行李包了。陶老闆和我不同，他有計劃將來在公司裡找個襄副噹噹。我老李命裡注定了跑街，只要賺錢，大小生意都做，不發財倒也天天混得過去。」

他這種極平凡的話，陶太太倒是聽得很入耳。便問道：「李老闆，我倒要請教你一下，你這行買賣，我們女人也能作嗎？」李步祥搖了兩搖頭道：「沒有意思，每天一大早起來，先去跑菸市。在茶館樓上，人擠著人，人頭上伸出鈔票去，又在人頭上搶回幾條菸來，有時嗓子叫乾了，汗溼透了，就是為了這幾條菸。再走向百貨商場，看看百貨，兜得好，可以檢點便宜，兜不著的就白混兩個鐘點。這是我兩項本分買賣，每天必到的。此外是山貨市場，棉紗市場，黃金市場，我全去鑽。」

陶太太笑道：「你還跑黃金市場啦？」李步祥搖著頭笑道：「那完全是叫花子站在館子門口，看人家吃肉。可是這也有一個好處。黃金不同別的東西，它若是漲了價，就是法幣貶了值，法幣貶了值，東西就要漲價了。」

陶太太笑道：「什麼叫法幣貶了，什麼叫黑市了，什麼叫拆息了，以前我們哪裡聽過這些，現在連老媽子口裡也常常說這些。這年月真是變了。我說李老闆，我說真話，就是你剛才說的幾個市場都得帶我去跑跑，好嗎？」李步祥揭下了頭上的帽子來，在帽子底下，另外騰出兩個指頭搔著和尚頭上的頭髮，望了她笑道：「你要去跑市場，這可是辛苦的事，而且沒有得伯笙的同意，我也不敢帶你出去跑。」

陶太太靠了桌子站著，低下頭想了一想，點頭道：「那就再說吧。希望你見著伯笙的時候，勸他今天不要再熬夜了，第一是他的身體抵抗不住。第二是家裡多少總有點事情，你讓我作主是不好，不作主也不好。」李步祥道：「這倒是對的，伯笙還沒有我一半重。打起牌來，一支香菸接著一支香菸向下吸，真會把人都熏倒了。」

陶太太道：「拜託拜託，你勸他回來吧。」李步祥看她說到拜託兩個字，眉毛皺起了多深，倒是有些心事。便道：「好的好的，我去和你傳個信吧。現在還不到四點鐘呢。我去找他回來吃晚飯吧。若是我空的話，我索性陪他回來，說不定還擾你一頓飯呢。」說畢，他蓋著帽子走了。

陶太太聽他說到要來吃飯，倒不免添了一點心事，立刻走到裡面屋子裡去，將屋角上的米缸蓋掀起來看看。這在今日，她已是第二次看米缸裡的米了。原來看這米缸裡的米，就只有一餐飯的。陶太太看看竹簸箕裡的剩飯，約莫有三四碗。自己帶兩個上學的孩子，所吃也不過五六碗，所差有限，於是買好了兩把小白菜，預備加點油鹽，用小白菜煮一頓湯飯吃。這時李步祥說要送陶伯笙回來，那就得預備煮新鮮飯了。米缸裡現放著舀米的碗，她將碗舀著，把缸底刮得喀吱作響，舀完了，也只有兩碗半米，這兩碗半米，若是拿來作一頓飯，那是不夠的。

她站在米缸邊怔了一怔，也只好把這兩碗半米都盛了起來放在一隻瓦缽子裡，端了這個缽子，緩步地走到廚房裡去。他家這廚房，也是屋子旁邊的一條夾巷。這裡一路安著土灶、條板、水缸、竹子小櫥。但除了水缸盛著半缸水而外，其餘都是空的，也是冷冷清清的。為了怕耗子，剩的那幾碗飯，是用小瓦鉢子裝著，大瓦鉢子底下還放了兩把小白菜。這樣，對了所有的空瓶空碗，和那半缸清水，說不出來這廚房裡是個什麼滋味。

她想著出去賭錢的丈夫，無論是贏了或輸了，這時口銜了半支菸卷，定是全副精神，都注射著幾張撲克牌上。桌子面上堆著鈔票，桌子周邊，圍坐著人，手膀子碰了手膀子，頭頂的電燈，可能在白天也會亮起來。因為他們一定是在祕密的屋子裡關著門窗賭起來的。屋子裡煙霧繚繞，氣悶得出汗，那和這冰冰冷的廚房，正好是相反的。

她想著嘆了一口氣，但也不能再有什麼寬解之法，在桌子下面，把亂柴棍子找出來，先向灶裡籠著了火，接著就淘米煮飯。這兩件事是很快地就由她作完了。她搬了張方竹凳子，靠了那小條板坐著，望了那條板上的空碗，成疊地反蓋著。望了那反蓋的大鉢子底上放著兩把小白菜，此外是什麼可以請客的東西都沒有了。她將兩手環抱在懷裡，很是呆呆地同這夾道裡四周的牆望著。

她對於這柴煙燻的牆壁，似乎感到很大的興趣，看了再看，眼珠都不轉動。她不知道這樣出神出了多久，鼻子裡突然嗅到一陣焦糊的氣味，突然站起來，掀開鍋蓋一看，糟了，鍋裡的水燒乾了，飯不曾煮熟，卻有大半邊燒成了焦黃色。趕快把灶裡的柴火抽掉，那飯鍋裡放出來的焦味，兀自向鍋蓋縫裡鑽出來，整個小廚房，都讓這焦糊味籠罩了，她也管不著這鍋裡的飯了，取一碗冷水，把抽放在地面上的幾塊柴火潑熄了，還是在那方竹凳子上坐著。

她想著在沒有燒糊這鍋飯以前，至少是飯可以盛得出來。現在卻是連白飯都不能請人吃了，廚房裡依然恢復到了冷清清的，她索性不在廚房裡坐著了，到了屋子裡去，把箱子裡的蓄藏品，全都清理清理，點上一點。這讓她大為吃驚，所有留存著的十幾萬元鈔票，已一張沒有，就是陶伯笙前幾天搶購的四兩黃金儲蓄券，也毫無蹤影。在箱子角上摸了幾把，摸出幾張零零碎碎的發票，不但有十元五元的，而且還有一元的。這時候的火柴，也賣到兩元一盒，幾百元錢，能作些什麼事呢？就只好買盒紙菸待客吧？

她靠著箱子站定，又發了呆了，然而就在這時，聽到陶伯笙一陣笑聲，李步祥也隨了他的聲音附和著。他道：「你有那麼些個錢輸掉它，拿來作筆小資本好不好？」陶伯笙笑道：「沒有關係。我姓陶的在重慶混了這麼多日子，也沒有餓死，輸個十萬八萬，那太沒有關係，找一個機會，我就把它撈回來了。喂！陶太太哪裡去了？」當他不怎麼高興的時候，他就把自己老婆，稱呼為太太的。

陶太太聽了這口氣，就知事情不妙，這就答應著：「我在這裡呢。」她隨了這話，立刻跑到前面屋子來。她見丈夫在一晚的鏖戰之中，把兩腮的肌肉，都刮削一半下去了，口裡斜銜了大半支菸卷，人也是兩手抱了西裝的袖子，斜靠了桌子坐著的，不過他面色上並不帶什麼懊喪的樣子，而且還是把眼睛斜看著人，臉上帶了淺淺的笑容。他道：「我們家裡有什麼菜沒有，留老李在這裡吃飯，我想喝三兩大曲，給我弄點下酒的吧。」

陶太太笑道：「那是當然，李先生為你的事，一下午到我們家來了兩回了。」陶伯笙摸著桌子上的茶壺，向桌子這邊推了過來，笑道：「熬夜的人，喜喝一點好的熱茶，家裡有沒有現成的開水？我那茶葉瓶子裡，還有點好龍井，你給我泡一壺來，可是熱水瓶子裡的水不行，你要給我找點開的開水。」

陶太太並沒有說沒有兩個字，拿了茶壺，趕快到裡面屋子裡去找茶葉。小桌子上，洋鐵茶葉瓶，倒是現成的，可是揭開瓶蓋子來看時，只是在瓶底上，蓋了一層薄薄的茶葉末。她微微地嘆了口氣，拿著茶壺，就直奔街對過一家紙菸店去。

這家紙菸店，也帶賣些雜貨，如茶葉肥皂蠟燭手巾之類。他們是家庭商店，老老闆看守店面，管理帳目並作點小款高利貸。少老闆跑市場囤貨。少老闆娘應付門市。有個五十上下年紀的難民，是無家室的同鄉婦人。老老闆認她是親戚，由老老闆的床鋪整理，至於全店的燒茶煮飯，洗衣服，掃地，完全負責。所享的權利有吃有住，並不支給工錢。她姓劉，全家叫她劉大媽，不以傭工相待，也為了有這聲尊稱就不給她工錢。劉大媽又有位遠房的侄子老劉，二十來歲，也是難民，老老闆讓他挑水挑煤挑貨，有工夫，並背了個紙菸籃子跑輪船碼頭和長途巴士站。雖然也是不給工資，但在作小販的盈餘上，提百分之十五。哪一天不去作小販，就不能提成，所以他每天在店裡忙死累死，也得騰出工夫去跑。全家是生產者，生意就非常的好。他們全家對陶太太感情不錯。因為她給他們介紹借錢的人，而且有賭博場面，陶伯笙準是在他家買洋燭紙菸。

陶太太走到他們店裡來，先把手指上一枚金戒指脫下來，放在櫃檯上，然後笑道：「鄭老闆，我又來麻煩你了。朋友托我向你借一萬塊錢，把這個戒指作抵押。」那位老老闆正在桌子上看帳，取下鼻子上的老花眼鏡，走到櫃檯邊來。他不看戒指，先就拖著聲音道：「這兩天錢緊得很，我們今天就有一批便宜貨沒錢買進。」他口裡雖是這樣說了，但對於這枚戒指，並不漠視，又把拿在手上的眼鏡，向鼻子尖上架起，拿起那枚戒指，將眼鏡對著，仔細地看了一看，而且托在手掌心裡掂了幾掂。

陶太太道：「這是一錢八分重。」老老闆搖了兩搖頭，他在櫃檯抽屜裡取一把戥子，將戒指稱了約莫兩三分鐘，將眼鏡在戥星上看了個仔細。笑道：「不到一錢七呢。押一萬元太多了。」陶太太道：「現在銀樓掛牌，八萬上下，一八得八，八八六十四，這也該值一萬二千元。人家可不賣，鄭老闆，你就押一萬吧。」他沉吟了一會子，點了頭道：「好吧。利息十二分，一月滿期。利息先扣。」

陶太太看看這老傢伙冬瓜形臉上，伸著幾根老鼠鬍子，沒有絲毫笑容，料著沒有多大價錢可講，只好都答應了。老老闆收下戒指，給了她八千八百元鈔票。陶太太立刻在這裡買了二兩茶葉，一包紙菸。正好劉大媽提了一壺開水出來，給老老闆泡蓋碗茶。便笑道：「分我們一點開水吧？」鄭老闆道：「恐怕不多吧？現在燒一壺開水，柴炭錢也很可觀。」

陶太太便抽出一支紙菸來，隔了櫃檯遞給他道：「老老闆吸支菸。」他接過了，向劉大媽道：「茶菸不分家，你和陶太太沖這壺茶，大概人家來了客，家裡來不及燒開水。陶太太剛買的茶葉，你給她泡上一壺。」

陶太太真是笑不是氣不是，打開茶葉包撮著一撮茶葉向壺裡放著。老老闆望了道：「少放點茶葉不要緊，我們這是飛開的水，泡下去準出汁。」陶太太笑著，沒說什麼。

老老闆將櫃檯上撒的茶葉，一片片的用指頭鉗子起來，放到櫃檯上玻璃茶葉瓶裡去。那支被敬的紙菸他也沒吸，放到櫃檯抽屜的零售菸支鐵筒裡去併案辦理。陶太太看到，也不多說，端了茶壺，就向家裡走。陶伯笙見她茶菸都辦來了，點頭笑道：「行了，去預備飯吧。」陶太太道：「快一點，吃麵好嗎？」

陶伯笙道：「麵飯倒是不拘。給我們弄兩個碟子下酒。」

陶太太偷眼看他，臉上還是沒有多大的笑容，而且李步祥總是客人，可不能違拂了丈夫的吩咐。她說著好好，帶了她金戒指押得的八千塊錢，就提小菜籃子出去了。她在經濟及可口的兩方面，都籌劃熟了，半小時內，就把酒菜辦了回來。

又是十分鐘，將一壺酒兩個碟子，由廚房裡送到外面屋子裡去。乃是一碟醬牛肉，一碟芹菜花生米拌五香豆腐乾。芹菜要經開水泡，本來不能辦，但是在下江麵館裡買醬牛肉的時候，是藉著人家煮麵的開水鍋浸著了回家來才切的。陶伯笙是個瘦子，就喜歡吃點香脆鹹，這卻合主人的意，她也可以節省幾文了。丈夫陪了客飲酒，算是有了時間許她作飯了，她二次在廚房裡生著火，給主客下麵。忙著的時候，雖然不免看看手指上，缺少了那枚金戒指，但覺得這次差事交代過去了，心裡倒也是坦然的呢。

第十二回　人血與豬血

這一餐飯，陶伯笙吃得很安適。尤其是那幾兩大曲他喝得醉醺醺的，大有意思。飯後又是一壺釅茶，手裡捧著那杯茶，笑嘻嘻道地：「太太，酒喝得很好，茶也不壞，很是高興，記得我們家裡還有一些咖啡，熬一壺來喝，好不好？」

陶太太由廚房裡出來，正給陶先生這待客的桌子上，收拾著殘湯剩汁，同時心裡還計劃著，兩個下學回來的孩子，肚子餓呢，打算把剩下來的冷飯焦飯，將白菜熬鍋湯飯吃。現在陶先生喝著好茶，又要熬咖啡。廚房裡就只有灶木柴火，這必須另燃著一個爐子才行。因為先前泡茶，除在對面紙菸店借過一回開水，這又在前面雜貨店裡借過兩回開水，省掉了一爐子火。陶先生這個命令，她覺得太不明白家中的生活狀況。這感到難於接受，也不願接受，可是當了李步祥的面，又不願違拂了他的面子，便無精打采地，用很輕微的聲音，答應了個好字。

陶伯笙見她冷冷的，也就把臉色沉下來，向太太瞪了一眼。陶太太沒有敢多說話，立刻回到廚房裡去，生著了爐子裡的火熬咖啡。兩個小學生，也是餓得很。全站在土灶邊哭喪著臉，把頭垂了下來。大男孩子，兩手插在制服褲袋裡，在灶邊蹭來蹭去。小男孩子將右手一個食指伸出來，只在灶面上畫著圈圈。灰色的木鍋蓋，蓋在鍋口上。那鍋蓋縫裡微微的露出幾絲熱氣。

陶太太坐在灶邊矮凳子上，板了臉道：「不要在我面前這樣挨挨蹭蹭，讓我看了，心裡煩得很。你們難道有週年半載沒有吃過飯嗎？」大孩子噘了嘴道：「你就是會欺侮我們小孩子，爸爸喝酒吃肉，又吃牛肉湯下麵。我們要吃半碗湯飯沒有，你還罵我們呢。你簡直欺善怕惡。」陶太太聽了這話，倒忍不住噗嗤一聲笑了。但她並不因小孩子的話，就中止了她欺善怕惡的行為，她還是繼續地去熬那壺咖啡。

她想到喝咖啡沒有糖是不行的，她就對大孩子施行賄賂，笑道：「我給你錢去買個鹹鴨蛋，下飯吃，你去給我買二兩白糖來。」說著，給了大孩子幾張鈔票，還在他肩上輕輕拍了兩下，作了鼓勵的表示。大孩子有錢買鹹鴨蛋，很高興地接著法幣去了。陶太太倒是很從容地把咖啡和湯飯作好。

那大孩子倒也是掐準了這個時候回來的。左手拿著一枚壓扁了的鴨蛋，右手拿著一張報紙包的白糖。那紙包上黏了好些個汙泥，都破了幾個口子了，白糖由裡面擠了出來。孩子身上呢，卻是左一塊右一塊，黏遍了黑泥。

陶太太趕快接過他手上的東西，嘆了口氣道：「你實在是給你父母現眼。大概聽說有鹹鴨蛋吃，你就高興得發瘋了，準是摔了一跤吧？」她一面說著，一面給小孩子收拾身上。不免耽誤了時間。再趕著把咖啡用杯子裝好，白糖用碟子盛著，擺在木托盤裡送到外面屋子裡去，陶伯笙和李步祥都不見了。看看他們兩人的隨身法寶兩個新舊皮包也都不知所去。

她把咖啡放到桌上，人站著對桌子呆了很久，自言自語道地：「這不是給人開玩笑。我是把金戒指押來的錢啦。這白糖不用，可以留著，這咖啡已經熬好了，卻向哪裡去收藏著呢。」她這樣地想著，坐在那桌子邊發呆。也不知道有了多少時候，只見兩個孩子，湯汁糊在嘴上溼黏黏的走了進來。便問道：

「你們這是怎麼弄的，把飯已經吃過了嗎？」男孩子道：「人家早就餓了，你老不到廚房裡去，人家還不自己盛著吃嗎？給你還留了半鍋飯呢。」

陶太太只將手揮了兩下，說句你們去擦臉，她還是坐在桌子邊，將一隻手臂撐在桌子沿上，托住了自己的頭，約莫有半小時，卻聽到兩個婦人的聲音說話進來。有人道：「這時候，他不會在家，準去了。」又有人道：「既然來了，我們就進去看看吧。」她聽出來了，說話的是胡羅兩位太太。她們徑直地走進屋子來了，看到擺著兩杯咖啡在桌上，一個人單獨地坐著，這是什麼意思呢？

陶太太直等兩位客人都進了房，她才站了起來，因道：「喲！二位怎麼這個時候雙雙地光臨？請坐請坐！」羅太太笑道：「坐是不用坐。我們來會陶先生來了。他倒是比我們先走了嗎？這倒有點奇怪。」陶太太道：「我們這口子。什麼事也不幹，就是好坐桌子，昨天晚上出去的，直到今天吃晚飯的時候他才回來。他和朋友回來，喝了四兩酒，又叫我熬咖啡他喝，等我在廚房裡把咖啡熬得了，送到外面屋子裡來的時候，他到哪裡去了也不知道了。」胡太太聽著，帶著微笑，向羅太太看看，羅太太也是帶了會心的微笑，向她回看了過去。

陶太太望了她們道：「我說的話有什麼好笑的嗎？」胡太太笑道：「老實告訴你昨天晚上，我們就在一處賭的，因為老范贏得太多，大家不服氣，約了今晚上再戰一場。」陶太太對這兩位太太都看了一眼。見她們雖然在臉上都抹了胭脂粉，可是那眼睛皮下，各各的有兩道隱隱的青紋，那是熬了夜的象徵。但她還是不肯說破，含笑道：「我們怎麼能夠和范先生去打比。他資本雄厚，有牌無牌，他都拿大注子壓你，不服氣有什麼用，賭起來，不過是多送幾個錢給他。昨晚上是在范先生家裡了，今天晚上，是在哪裡呢？」

羅太太道：「原來約了到朱公館去。打電話去問，四奶奶不在家。有些人要換地方，有些人主張去了再說。我們因為摸不著頭腦，所以來問一聲。偏偏陶先生已經先走了。老胡，我們就去吧。」胡太太在她那白胖的臉上，帶著一點紅暈。她那杏核兒大眼睛，閃動著上下的睫毛。搖了兩搖頭道：「若是到四奶奶家裡去賭，我不去。」羅太太望了她道：「那為什麼？」胡太太道：「我上次到朱家去賭了一場，還是白天呢，回家去聽了許多閒話。」羅太太道：「外面說的閒話，那都是糟蹋朱四奶奶的。你們胡先生還是記住上次和你辦交涉的那個岔子。他向你投降了，絕不能干休，總得報復你一下。他說的話你也相信嗎？」胡太太道：「我當然不能相信。不過很多人對朱四奶奶的批評，都不怎樣好。」羅太太將臉色沉了一下，而且把聲音放高了一個調子，她道：「別人瞎說，我們就能瞎信嗎？我們和她也認識了兩三個月了，除了她殷勤招待朋友而外，並沒有見她有什麼鋪張。難道好結交朋友，這還有什麼不對嗎？別人瞎說八道，我們不能也跟著瞎說八道。去吧。」她說著，就伸手挽了胡太太一隻手。胡太太倒並不怎麼拒絕，就隨著她走了。

陶太太無精打采地把她們送出店門口，這才明白，原來陶伯笙是到朱四奶奶家打唆哈去了。不管怎麼樣，那裡是高一級的賭博場面，這戲法就越變越大了。她心裡壓著一塊石頭似的，走回屋子去，把那兩杯咖啡潑了，把糖收起，又在桌子邊坐著。還是孩子們吵著要睡覺，她才去給他們鋪床。然後她想到了一件什麼事，沒有辦完，又到廚房裡去巡視一番。她嗅到鍋蓋縫裡透出來的一陣飯菜香味，這才讓她想起來了，自己還沒有吃飯。掀開鍋蓋來看時，那鍋湯飯煮得乾乾的，摻和在飯裡的小青菜，都變成黃葉子了。她站在灶邊，將碗盛著乾湯飯吃了，再喝些溫開水，就回房去，但她並沒有睡覺，在陶伯笙沒有回來的時候，她一定得守著孤單的電燈去候門。

這個守門的工夫，就憑了補襪底補衣服來消磨。她補襪子襪得自己有些頭昏眼花的時候，她想起了燒焦了的那幾碗飯，是盛起來放在瓦鉢子裡的。重慶這地方，耗子像螞蟻一樣的出動，可別讓耗子吃了。趕快放下針線，跑到廚房裡去看時，那裝飯的鉢子，和上面蓋著的洋鐵盤子，全打落在地面。鉢子成了大小若干瓦片，除了地面上還有些零碎飯粒而外，人捨不得吃的飯，都給耗子吃了，那些零碎的飯粒，還要它幹什麼呢。嘆了口氣，自走回屋子去。

這點飯餵了耗子，倒不算什麼。不過自己有個計劃，這些冷飯留著到明天早上，再煮一頓湯飯菜。照著現在這個情形，那就完全推翻了。陶伯笙今晚上若是贏了錢回來，這可向他要一點錢，拿去買米。若是他輸了，根本就不必向他開口了。甚至他賭得高興了，今晚上根本就不回來，連商量的人都沒有，乾脆，還是自己想法子吧。拿出衣袋裡押金戒指的那些鈔票數了一數只剩下了五千多元，全數拿去買米，也沒有一市斗。此外還有油鹽菜蔬呢。而且猜得是對的，過了深夜一點鐘，陶伯笙還沒有回來，她自覺悶得很，就打開窗戶來，伸頭向外面看看。

重慶春季的夜半，霧氣瀰漫的時候較多。這晚上卻是星斗滿天，在電燈所不能照的地方，那些星斗之光，照出了許多人家的屋脊。這吊樓斜對過也是吊樓，在二層樓的紙窗戶格裡，猛然電燈亮著，隨著窗戶也打了開來。在窗戶裡閃出半截女子的身體。

陶太太就問道：「潘小姐，這時候，你還沒有睡嗎？」那位潘小姐索性伸出頭來，笑道：「我還是剛剛回來呢。今天，我是夜班。這兩天，醫院裡忙得很，有兩位看護小姐都忙病了。我明天八點鐘還得去接早班。回來搶著睡幾小時吧。現在為生活奔走，真是不容易。陶太太也沒有睡？」她嘆了一口氣道：「潘小姐，就是你所說的話，生活壓迫人啦。」潘小姐道：「唉！這年月，生活真過不下去。只要能換下錢來，什麼事都肯幹。我們醫院裡找人輸血。只說句話，多少人應徵？」

陶太太道：「我特意等你回來問呢。我的血驗過了，可以合用嗎？我希望明天就換到錢。」潘小姐道：「喲，陶太太，你的身體不大好，你不要幹吧。」陶太太道：「我的身體不大好嗎？我三年來就沒有生過一次病。我的血不合用嗎？」潘小姐笑道：「合倒是合用的。不過你也不至於短錢用到那種程度。」陶太太道：「合用就好了，潘小姐，我不說笑話。你明天早上，什麼時候起來？我到你家裡來找你。我們雖然天天見面，隔了窗戶說話，你哪裡知道我的苦處。唉！」說著，她長長地嘆了口氣。在她這口氣嘆過之後，又吁了一聲。潘小姐看她這樣子。的確是有些為難，便道：「你若是一定要輸血的話，你明天早上再來找我吧。」陶太太連說好的好的，方才和潘小姐告別，關上了窗子。

她在床上躺著，睜了眼睛，望了天花板，卻只管去想家裡要的米，和醫院裡要的血。她想得迷糊地睡了一覺，被兩個上學的孩子驚醒。立刻起床，披著衣服，就打開窗戶看看。正好那邊的窗戶也是洞開著，潘小姐就在窗戶邊洗臉架子邊洗臉。她一抬頭，兩手托著手巾舉了一舉，笑道：「陶太太，早哇！」陶太太道：「請你等一等，我就來。」說著，趕快到廚房裡取了一盆冷水來，匆匆地洗過一把臉，找了一件乾淨藍布大褂，就向潘小姐那邊屋子走去。

潘小姐是母女兩個人，共住著一間吊樓屋子的。她們都在臉上帶了一分驚奇的顏色望著她。她也明白這一點，進門就先笑道：「潘太太，潘小姐，你們一定覺得我要賣血，這是一件很奇怪的事吧？實對你說，我們家裡，今天沒有下鍋的米。我們那位先生，已是兩天兩夜不回家了，我不想點法子怎麼辦？」潘太太道：「你們陶先生在外也交際廣大呀，難道會窘到這樣子？」這五十上下年紀的老太太，穿著件灰布短棉袍兒，瘦削著一張皺紋臉子，倒是把半白的頭髮，梳得清清楚楚的，手上挽了個籃子，正待出門去買菜呢。

陶太太道：「潘太太，你這不是去買菜嗎？我今天就不能去買菜。因為什麼？口袋裡沒有錢。」潘小姐笑道：「陶太太，你是不明白醫院裡的情形。這輸血的事，並不像有米拿出去賣，立刻可以換到錢。你登記和輸血的手續，雖是作過了，一定等病人要輸血的時候，才叫你去輸血。輸了血之後，那才可以領到錢。你今天等著米下鍋，那可來不及。」

陶太太聽了這話，不免臉上掛著幾分失望。怔怔地望了她母女兩個。潘小姐道：「不過這也碰機會。碰巧了，立刻就有病人等著輸血，立刻就可以換到錢。昨天晚上，我聽到醫生說，有兩個病人，情形相當嚴重，也許今天上午就要輸血。若是你的血，正合這兩個人用，今天就行，你不妨和我一路去試試。我這馬上就走了，你隨我去試試吧。」陶太太聽了這話，又提起了幾分興趣，就隨在潘小姐身後，同到那醫院裡去。

這時病人正紛紛的掛號就診。潘小姐先讓她在候診室裡等著，先到院長那裡去報告。過了一會，她笑著出來道：「你來的機會太好了。我說的那兩個病人，果然都要輸血。現在正要通知輸血的人到醫院裡來。你的血檢驗的結果，對病人都合適。今天上午就輸五十 CC。」說著，潘小姐就帶她進去見院長和主任醫生。

經過了三十分鐘，她把一切手續辦完了，最後的一個階段，是一位女看護，將一根細針，插到手膀的血管子裡去。針的那頭，是小橡皮管子接著，通到小瓶似的玻璃管裡去。那玻璃管裡有了大半瓶血，這是白饒讓醫生再拿去看看的。這事完了，潘小姐又讓她在護士休息室裡候著。

過了一小時，潘小姐拿了一張油印的紙單子遞到她手上，笑道：「這事情成了。真算你來得巧。你在這志願書上簽個字吧。」陶太太道：「早登記過了，我還要簽個字嗎？難道……」潘小姐笑道：「這是手續。」她看那字條上印好的字，是說：「今願輸血救濟病人，如有意外，與院方無涉。立字為據。」便淡笑道：「你們醫院也太慎重了。我既然要賣血，還訛人不成。簽字就簽字吧。」潘小姐還是笑著交代了一句手續，就引她到桌子邊，交支筆請她在字條上簽個字，然後引她到診病室裡去。

穿白衣服的醫生，含笑向她點了個頭，在眼鏡裡面的眼睛，很快地偵察了一下。她看那醫生桌上長針橡皮管玻璃管一切都已預備好。她料著那個玻璃管就是盛自己的血的，看那容量，總有一小茶杯。但到了這時，她也不管，將右手的衣袖捲起，把頭偏到一邊去。醫生和女護士走近她的身邊，她全不顧，她只覺得手膀經人扶著，擦過了酒精，插進去了根針。她益發地閉上了眼睛。

她也不知道是經過幾多分鐘。又覺得手臂上讓人在揉擦著，那個插血管的銀針也拔走了，便問道：「完了嗎？」在身邊的女護士道：「完了。不要緊的。」她這才回過頭來，向女護士點了個頭。同時，這女護士似乎表示了無限的同情，在沉重的臉色上，也和她點了幾下頭，而她手上拿著的玻璃管子，可裝滿了鮮紅的液體。

醫生將桌上的白紙用自來水筆，很快地寫了兩行藍色字，乃是：「憑條付給輸血費五萬元。」他將這張字條交到陶太太手上並給了一個慈祥的笑容，點頭道：「你到出納股去取款吧。」陶太太情不自禁的，抖顫了聲音，說著謝謝，接過字條，由潘小姐引著，取得了五萬元法幣。

在民國三十四年的春季，五百元的票額，還不失為大鈔，五萬元鈔票正好是一百張。這醫院裡出納員，似乎對賣血的人，也表示幾分同情，他們就拿了一疊不曾拆開號碼的新票子交給她，這票子印得是深藍色的，整齊劃一，捆束得緊緊的一紮，看起來美麗，拿在手上，也很結實。

陶太太把這疊鈔票，掖到衣袋裡去，趕快地就走出醫院。抬頭看看天上太陽，在薄霧裡透出來，卻是黃黃的。她揣摸著這個時候，應該是十一點多鐘，兩個上學的孩子，還有些時候倒家，這就不忙著回去，先到米市上去買了兩斗米，雇了人力車子，先把這米送回去。看看家裡沒人，再提著菜籃子出門，除了買了大籃子的菜蔬，並且買了斤半豬肉，十幾塊豬血。又想到小孩子昨晚上為了吃一個鹹鴨蛋，而高興得摔了跤，又買了幾個鹹鴨蛋帶回去。

這樣的花費，她覺得今天用錢是十分痛快，把衣袋裡的鈔票點點數目。那賣血的錢，還剩有五分之二。她心裡自己安慰著自己說，雖然抽出去了那一瓶子血，可是買回來這樣多的東西，那是太好了。可惜是人身上的血，太有限了，賣過了今天這回，明天不能再賣。她躊躇著這回的收入，又滿意著這回的收入，可說是躊躇滿志。

就在這個時候，先是兩個學生回家了，隨後是陶伯笙回來了。他照樣地還是夾了那個舊皮包回家，並沒有損失掉。不過他臉上的肌肉，一看就覺得少掉了一層。尤其是那些打皺的皮膚，一層接觸了一層，把那張不帶血色有臉子，更顯得蒼老。他口角上銜了一支紙菸，一溜歪斜地走進屋子來。陶太太看到，隨著身後問道：「還喝咖啡不喝，我還給你留著呢。」

陶伯笙聳動著臉上的皺紋，露了幾粒微帶黃的牙齒，苦笑著道：「說什麼俏皮話，贏也好，輸也好，我並沒有帶什麼南莊的田北莊的地到重慶來賭。我反正是把這條光桿兒身子去滾。滾贏了，樓上樓，滾輸了，狗舔油。」說著，他將皮包帽子一齊向小床鋪上一丟，然後身子也橫在鋪上。將兩隻皮鞋抬起來，放在方凳子上，抬起兩手倒伸了個懶腰，連連打了兩個呵欠。笑道：「我想喝點好茶，打盆熱水來，我洗把臉。」陶太太對他臉上看看，笑著點了兩點頭。自轉身向廚房裡去了。

陶伯笙躺著了兩三分鐘，想著不是味兒，他也就跟到廚房裡來。當他走到廚房裡的時候，首先看到那條板上，青菜豆腐菠菜蘿蔔，全都擺滿了。尤其是牆釘上，掛了一刀肥瘦五花肉，這是家裡平常少有的事。還有個大瓦盆子，裝了許多豬血。太太正把臉盆放在土灶上，將木瓢子向臉盆裡加著水。灶口裡的火，生得十分的旺盛，鍋裡的水，煮得熱氣騰騰的。這個廚房是和往日不同了，便笑道：「今天不錯，廚房裡搞得很熱鬧。」陶太太道：「你不管這個家，我也可以不管嗎？洗臉吧。」說著端了臉盆向臥室裡走。

陶伯笙對廚房裡東西都看了一眼，回到臥室裡去的時候，見屋角上的小米缸，米裝得滿滿的，木蓋子都蓋不著缸口。便道：「喲！買了這些個米？家裡還有錢嗎？」陶太太將洗臉盆放在桌上，將肥皂盒，漱口盂，陸續地陳列著，並把手巾放在臉盆口覆著，然後環抱了兩手，向後退著兩步，望了丈夫道：「錢還有，可是數目太小，不夠你一牌唆的。」

陶伯笙走到桌子邊洗臉，一面問道：「我是說箱子裡的錢，我都拿走了。家裡還有錢辦伙食嗎？」陶太太笑道：「箱子裡沒有錢，我身上還有錢呢。你可以在外面混到飯吃。我和兩個孩子可沒有混飯吃的地方。」陶伯笙笑道：「這可是個祕密，原來你身上有錢，下次找不著賭本的時候，可要到你身上打主意。」陶太太噘了嘴笑，點點頭。陶伯笙兩手託了熱面巾，在臉上來回地擦著笑道：「你樣樣都辦得好，就是那盆豬血辦得不大好。」陶太太道：「你把熱手巾洗過臉，你也該清醒清醒。還說我豬血辦得不好呢。」說著，她眼圈兒一紅，兩行眼淚急流了下來。

第十三回　回家後的苦悶

陶伯笙問太太的這句話，覺得是很平常，太太竟因這句話哭了起來，倒是出於意外的，因道：「豬血這東西，我看是不大乾淨，吃到嘴裡，也沒有什麼滋味，我說句不好，也沒有多大關係，你怎麼就傷心起來了？」陶太太在衣袋裡掏出一方舊手絹，揉擦著眼睛，淡淡道地：「我也不會吃飽了飯，把傷心來消遣。我流淚當然有我的原因，現在說也無益，將來你自然會明白。」

陶伯笙笑道：「我有什麼不明白的。無非是你積蓄下來的幾個錢，為家用墊著花了。這有什麼了不起，明後天我給你邀一場頭，給你打個十萬八萬的頭錢，這問題就解決了。」陶太太道：「說來說去，你還是在賭上打主意，你腦筋裡，除了賭以外，就想不到別的事情嗎？」

陶伯笙望了她道：「咦！怎麼回事，你今天有心和我彆扭嗎？你可不要學隔壁魏太太的樣子。她和丈夫爭吵的結果，丈夫坐了牢，她自己把家丟了。躲到鄉下去，你看這有什麼好處？」陶太太道：「我和魏太太學？你姓陶的一天也負擔不起。人家金鐲子鑽石戒指，什麼東西都有。我只有一枚金戒指，昨天晚上，就押出去給你打酒喝了。你一天到晚夾了只破皮包，滿街亂跑。你跑出了什麼名堂來？你還不如李步祥，人家雖是作小生意買賣出身的，終年苦幹，多少總還賺幾個錢。你有什麼表現？你說吧。」

陶伯笙道：「我有什麼表現？在重慶住了這多年，我並沒有在家裡帶一個錢來，這就是我的表現。」

陶太太笑了一聲道：「你在重慶住了這多年沒有在家裡帶錢來，那是不錯。可是馬上勝利到來，大家回家，恐怕你連盤纏錢都拿不出來。你在重慶多年有什麼用？你就是在重慶一百年，也不過在這重慶市上多了一個賭痞。」

陶伯笙把臉一沉道：「你罵得好厲害。好，你從今以後，不要找我這賭痞。」說著，一扭身走到外面屋子裡去，提了他那個隨身法寶舊皮包，就出門去了。

陶太太在氣頭上，對於丈夫的決絕表示，也不怎樣放在心上，可是他自這日出去以後，就有三天不曾回來。陶太太賣血的幾個錢，還可以維持家用。雖然陶伯笙三天沒有回家，她還不至於十分焦急。這日下午，她正悶坐在外面屋子裡縫針線，一面想著心事，要怎樣去開闢生財之道，而不必去依靠丈夫。忽然外面有個男子聲音問道：「陶先生在家嗎？」她伸頭向外看時，是鄰居魏端本。

他是新理的發，臉上刮得光光的。頭上的分發也梳得清清楚楚。只是身上穿的灰布中山服髒得不像樣子，而且遍身是皺紋，這就立刻放下針線迎到門外笑道：「魏先生回來了，恭喜恭喜。」他的臉子，已經瘦得尖削了，嘴唇已包不著牙齒。慘笑了道：「我算作了一回黃金夢，現在醒了，話長，慢慢地說吧，我現在已經取保出來了，以後隨傳隨到，大概可以無事，我太太帶著兩個孩子到哪裡去了？」

陶太太道：「她前幾天，突然告訴我，要到南岸去住幾天，目的是為魏先生想法子，到南岸什麼地方去了，我不知道，她把鑰匙放在我這裡，小孩子都很好，你放心。」

魏端本道：「我家楊嫂，也跟著她去了？」陶太太進裡面屋子去取出鑰匙交給了他，向他笑道：「楊嫂跟著她去是對的，不然，你那兩個孩子，什麼人帶著呢。你回去先休息休息吧，慢慢再想別的事。我想，我們都得改換一下環境，才有出頭之日。老是這樣的鬼混，總想撿一次便宜生意作，發一筆大財，這好像叫花子要在大街上撿大皮包，哪有什麼希望？」

魏端本走回家去，看到房門鎖著，本來也就滿心疑惑，現在聽了她的話，更增加了自己的疑團，但是急於要看著自己家裡變成了什麼樣子，也不去追問了，說了聲回頭見，趕快地走回家去。

打開鎖來，先讓他吃了一驚，除了滿屋子裡東西拋擲得滿床滿桌滿地而外，窗子是洞開的，灰塵在各項木器上，都鋪得有幾分厚，正像初冬的江南原野，草皮上蓋了一層霜。床上只剩了一床墊的破棉絮，破鞋好幾雙，和一隻破網籃，都放在棉絮上。桌上放著一隻鐵鍋，蓋住了些碗盞，一把筷子，塞在鍋耳子裡，油鹽罐子和醬醋瓶子，代替了化妝品放在五屜桌上，地面上除了碎報紙，還有幾件小孩的破衣服。他站著怔了一怔。心想太太這絕不是從容出門，必定是有什麼急事，慌慌張張就走了，想當年在江蘇老家，敵人殺來了，慌忙逃難，也不過是這種情景，這位夫人，好生事端，莫不是惹了什麼是非了。

他在屋子中間呆站了一會，絲毫沒有主意，後又開了外邊屋子的門，這屋子的窗子是關的，裡面的東西，都也是平常的布置。他到廚房裡去，找到了掃帚撣子，把外面屋子收拾了一番，且坐著休息五分鐘。但就是這五分鐘，只覺得自己心裡，是非常的空虛，出了看守所，滿望回得家來，可以得著太太一番安慰，至少看到自己兩個孩子，骨肉團聚之後，也可以精神振奮一下。然而……他這個轉念還沒有想出來，桌子下面瑟瑟有聲。低頭看時，兩隻像小貓似的耗子，由床底下溜出來。後面一隻，跟著前面這隻的尾子，繞了桌子四條腿，忽來忽去，鬧過不歇。重慶這個地方，雖然是白天耗子就出現的，可是那指著人跡稀少的地方而言，像外邊這間屋子，乃是平常吃飯寫字會客的地方，向來是不斷人跡的。這時有了耗子，可見已變了個環境。他立刻哀從中來，只覺一陣酸氣，直透眼角，淚珠就要跟著流出來。

他又想著，關在看守所裡，受著那樣大的委屈，自己也不肯哭，現在恢復了自由，回到了家裡，還哭些什麼？於是突然地站起，帶著掃帚撣子，又到裡面去收拾著。兩間屋子都收拾乾淨了，向冷酒店的廚房裡，舀了一盆涼水擦抹著手臉。看看電燈來火，口也渴了，肚子也餓了，這個寂寞的家庭，實在忍耐不下去。鎖了門出去，買了幾個熱燒餅，帶到小茶館裡，打算解決一切。

重慶的茶館，大的可以放百十個座頭，小的卻只有兩三張桌子，甚至兩三張桌子也沒有，只是在屋簷下擺下幾把支腳交叉的布面睡椅，夾兩個矮茶几而已。作風倒都是一樣，蓋碗泡茶約分四種，沱茶、香片、菊花、玻璃。玻璃者，白開水也。菊花是土產，有銅子兒大一朵，香片是粗茶葉電影和棍子，也許有一兩根茉莉花蒂，倒是沱茶是川西和雲南的真貨，沖到第二三次開水的時候，釅得帶苦橄欖味。此外是任何東西不賣，這和抗戰時期的公務人員生活，最是配合得來。在三十四年春天，還只賣到十元錢一碗。

魏端本打著個人的算盤，就是這樣以上茶館為宜。但電燈一來火，茶館裡就客滿，可能一張灰黑色的方桌子，圍著五六位茶客，而又可能是三組互不相識的。他走進一爿中等的茶館，二三十張桌子的店堂全是人影子，在不明亮的電燈光下擁擠著。他在人叢中站著，四周觀望了一下，只有靠柱子，跨了板凳，擠著坐下去。雖然這桌子三方，已經是坐了四個喝茶的人，但他們對於這新加入的同志，並不感到驚異，他們照舊各對了一碗茶談話。

魏端本趁著茶房來摻開水之便，要了一碗沱茶。先就著熱茶，一口氣把幾個燒餅吃了，這才輪到茶碗摻第三次開水的時候，慢慢地來欣賞沱茶的苦味。他對面坐了一位四十上下的同志，也是一套灰色中山服。不過料子好些，乃是西康出的粗嗶嘰。他小口袋上夾一支帶套子的鉛筆，還有一個薄薄的日記本。頭髮謝了頂，由額頭到腦門子上，如滑如鏡。他圓臉上紅紅的，隱藏了兩片絡腮鬍子的鬍樁子，他也是單獨一個人，和另外三個茶客並不交言。他大口袋裡還收著兩份折疊了的晚報，而他面前那碗茶，掀開了蓋子並不怎樣的黃，似乎他在這裡已消磨了很久的時間了。

魏先生料著他也是一位公務員，但何以也是一人上茶館，卻不可解，難道也有一樣的境遇嗎？心裡如此想著，不免就多看了那人幾眼。那人因他相望，索性笑著點了個頭道：「一個人上茶館，無聊得很啊。」魏端本道：「可不是。然而我是借了這碗沱茶，進我的晚餐，倒是省錢。重慶薪水階級論千論萬，而各種薪水階級的生活，倒五花八門，無奇不有，大概我們是最簡化的一種。」那人因他說到我們兩字，有同情之意，就微微一笑。

魏端本感到無聊，在衣袋裡掏摸一陣，並無所獲，就站起來，四面望著。那人笑問道：「你先生要買紙菸嗎？買紙菸的幾個小販子今天和茶館老闆起了衝突，今天他們不來賣菸了。我這裡有幾支不好的菸，你先嘗一支怎麼樣？」說著，他已自衣服口袋裡，掏出一隻壓扁了的紙菸盒子。

魏端本坐下來，搖著手連說謝謝。那人倒不受他的謝謝，已經把一支菸遞了過來，向他笑道：「不必客氣，茶菸不分家。我這菸是起碼牌子黃河。俗言道得好，人不到黃河心不死，吸紙菸的人到了降格到黃河牌的時候，那就不能再降等了，再降等就只有戒菸了。」

魏端本覺得這個人很有點風趣，接過他的菸支，就請問他的姓名。他在口袋裡拿出一疊二指寬的薄紙條，撕下一張送過來。這是抗戰期間的節約名片。魏端本接了這名片，就覺得這人還有相當交際的，因為交際不廣的人，根本就把名片省了。看那上面印著余進取三個字，下注了「以字行」。上款的官銜，正是一個小機關的交際科的科長。這就笑道：「我一看余科長就是同志，果然不錯。我沒有名片，借你的鉛筆，我寫一寫名字吧。」

余進取口袋裡鉛筆取出來，交給了他，他不曾考慮，就在那節約名片上，把真姓名寫下來，遞了過去。余進取看到，不由得哦了一聲，魏端本道：「余科長，你知道嗎？」他沉吟著道：「我在報上看到過的。也許是姓名相同吧？」魏端本這就省悟過來了，自己鬧的這場黃金官司，報上必然是大登特登，今天剛出法院，還不知道社會上對自己的空氣，現在人家看到自己的名字，就驚訝起來，想必這個貪汙的名聲，已經傳布得很普遍了。便向余進取點了兩點頭道：「一點不錯，報上登的就是我。你先生看我這一身襤褸，可夠得上那一份罪名？至少我個人是個黑天冤枉。」

余進取點點頭道：「你老兄很坦白，這年月，是非也不容易辨白，這是茶館裡，不必談了。」他說著話時，向同桌的人看了看。另外三個人，雖然是買賣人的樣子，自然，他也就感到不談為妙。吸著菸，談了些閒話，那三位茶客先走了。

魏端本終於忍不住胸中的塊壘，便笑道：「余先生，你真是忠厚長者。其實，就把我的姓名，再在報上宣揚著，我也不含糊，我根本是個無足輕重芝麻小的公務員，誰知道我？以後我也改行了。擺個紙菸攤子，比拿薪水過日子也強。話又說回來，薪水這東西，以前不叫著養廉銀子嗎？薪水養不了廉，教人家從何廉起？無論作什麼事的，第一要義，總得把肚子吃飽，作事吃不飽肚子，他怎麼不走出軌外去想法子呢？」

余進取隔了桌面，將頭伸過來，低聲笑道：「國家發行黃金儲蓄券，又拋售黃金，分明給個甜指頭人家吮吮，好讓人家去踴躍辦理，而法幣因此回籠。這既是國家一個經濟政策。公務員也好，老百姓也好，只要他不違背這個政策，買金子又不少給一元錢，為什麼公務員一作黃金就算犯法呢？還有些人作黃金儲蓄，好像是什麼不道德的事一樣，不願人知道，這根本不通，國家辦的事，你跟著後面擁護，那有什麼錯？難道國家還故意讓人民作錯事嗎？」

魏端本聽了將手連連的在桌子沿上拍了幾下道：「痛快之至！可是像這種人就不敢說這話了。」余進取在袋裡取出那兩份折疊著的晚報來問道：「你今天看過晚報嗎？」魏端本道：「我今天下午三點鐘，才恢復了這條自己的身子，還沒有恢復平常生活，也沒有看報。」

余進取將報塞到他手上，指了報導：「晚報上登著，黃金官價又提高，不是五萬就是六萬，由兩萬漲到三萬五，才有幾天，現在又要漲價了，老百姓得了這個消息，馬上買了金子，轉眼就可以由一萬五賺到兩萬五，而且是名正言順的賺錢，他為什麼不辦？公務員若是有個三五萬富餘的錢在手上，當然也要辦。你不見當老媽子的，她們都把幾月的工錢湊合著買一兩二兩的。」

魏端本點點頭道：「余先生這話，當然是開門見山的實情，可是要面子打官腔的人，他就不肯這樣說，若有人肯這樣想，我也就不吃這場官司了。」余進取又安慰了他幾句，兩個人倒說得很投機，坐了一個多鐘頭的茶桌方才分手。

魏端本無事可幹，且回家去休息。雖然家裡是冷清清的，可是家裡還剩下一床舊棉絮，一床薄褥子，藤綳子床柔軟無比，回想到看守所裡睡硬板，那是天遠地隔，就很舒適地睡到天亮。他還沒有起來，房門就推了開來，有人失聲道：「呀！哪個開了鎖？」他聽到楊嫂的聲音，一翻身由床上坐起來，問道：「太太回來了嗎？」楊嫂看到主人坐在床上，她沒有進入，將房門又掩上了。

魏端本隔了門道：「這個家，弄成了什麼樣子。我死了，你們不知道，我回來了，你們也不知道，你們對我未免太不關心了。」他說是這樣地說了，門外卻是寂然。心裡想著：難道又是什麼事得罪了太太，太太又鬧彆扭了。於是靜坐在床上，看太太什麼表示。

直等過了十來分鐘，外面一點動作沒有。下床打開房門來看，天氣還早，連冷酒店裡也是靜悄悄的。裡外叫了幾聲楊嫂，也沒有人答應，倒是冷酒店裡夥計掃著地，答道：「我一下鋪門，楊嫂一個人就回來了，啥子沒說，慌裡慌張又走了。」魏端本道：「她沒有提到我太太？」夥計道：「她沒有和我說話，我不曉得。」魏端本追到大門口兩頭望望，這還是宿霧初收，太陽沒出的早市，街上很少來往行人。一目瞭然，看不到楊嫂，也看不到家中人，這樣看起來，楊嫂原是不知道主人回了家，才回來的，看到了主人，她卻嚇跑了，那麼，自己太太，是個什麼態度呢？

洗過了手臉，向隔壁陶太太家去打聽，正好她不在家，只有兩個孩子收拾書包，正打算上學去。因問他：「媽媽呢？」大孩子說：「爸爸好幾天沒有回來，媽媽找爸爸去了。」魏端本驚著這事頗有點巧合，一個不見了太太，一個不見了先生，那也不必多問了，身體是恢復了自由，手上卻沒有了錢用，事是由司長那裡起，現在想到機關裡去恢復職務，那是不可能，但司長總要想點法子來幫助。於是就徑奔司長公館裡去。

他還記得司長招待的那間客室，為了不讓司長拒絕接見，逕直上樓，就叩那客室之門，心裡已通盤籌劃了一肚子的話，於今是一品老百姓，不怕什麼上司不上司，為了司長想發黃金財，職業是丟了，名譽是損壞了，而太太孩子也不見了，司長若不想點辦法，那只有以性命相拚。他覺得這個撒賴的手段，是可以找出一點出路的，然而，不用他叩那客室之門，根本是開的，裡面空洞洞的，就剩了張桌子歪擺著，就是上次招待吃飯的那個年輕女傭人，蓬著頭穿了件舊布大褂，周身的灰塵。

她手提了只網籃，滿滿的裝著破舊的東西，要向外走。她自認得魏端本，先道：「你來找司長來了？條了（逃了）坐飛機上雲南了。」他怔了一怔道：「真的？」她道：「朗個不真？你看嗎，這個家都空了。」魏端本點點頭道：「好！還是司長有辦法。昨天下午，劉科長來了嗎？」她還沒有答應，卻有人接言道：「我今天才來，你來得比我還早。」說著話進來的，正是那劉科長。魏端本嘆了口氣道：「好！他走了，剩下我們一對倒楣蛋。」

劉科長走進屋子各處看看，回轉身來和魏端本握手，連連地搖撼了幾下，慘笑著道：「老弟臺，不用埋怨，上當就這麼一回，我們不是為了想發點黃金財弄得坐牢嗎？作黃金並不犯法，只是為了我們這點老爺身分才犯法，現在我們都是老百姓，把褲子脫下來賣了，我也得作黃金，不久黃金就要提高到五萬以上，打鐵趁熱，要動手就是現在。」說時，他不握手，又連連地拍了魏端本肩膀。他好像有了什麼大覺悟一樣，交代完了，立刻就轉身出去。

魏端本始終不曾回答他一句，只是看看那個女傭人在裡裡外外，收拾著司長帶不上飛機的東西。他心想：人與人之間，無所謂道義，有利就可以合作，司長走了，這位女傭人，還獨自留守在這裡，她為的是什麼？為的就是那些破碎的東西了。那麼，反想到自己的太太，連自己的家也不要，那不就是為了家裡連破爛東西都沒有嗎？劉科長說的對，還是弄錢要緊，脫了褲子去賣，也得作黃金生意。他有了這個意思發生，重重地頓了一下腳，復走回家去。

當然，這個家裡沒有人，究比那有個不管家的太太還要差些，不但什麼事都是自己動手，這張嘴也失去了作用，連說話的機會也沒有。無可奈何，還是出門去拜會朋友，順便也就打聽打聽太太和孩子的消息，但事情是很奇怪，沒有任何朋友知道田佩芝消息的，這些情形，給予了他幾分啟示，太太是拋棄著他走了。夫妻之間，每個月都要鬧幾回口頭離婚，田佩芝走了，也不足為怪，只是那兩個孩子，卻教他有些捨不得。

他跑了一天，很失望地走回家去。他發現了早上出門，走得太匆促，房門並不曾倒鎖，這時到家，房門是開了。他心裡想著，難道床上那床破棉絮和那條舊褥子還有人要？他搶步走進屋子去看，東西並不曾失落一樣，床面前地板上，有件破棉襖，有條黃毛野狗睡在上面，屋子裡還添了一樣東西。那野狗見這屋子的主人來了，夾著尾巴，由桌子底下蹿到門外去了。他淡笑了一笑，自言自語道地：「這叫時衰鬼弄人。」

坐在床沿上，靠了床欄杆，翻著眼向屋子四周看看，屋子裡自己已經收拾過了，屋子中間的方桌子是光光的，靠牆那張五屜桌，也是光光的，床頭邊大小兩口箱子都沒有了，留下擱箱子的兩個無面的方凳架子。屋子裡是比有小孩有太太乾淨得多了，可是沒有了桌上的茶杯飯碗，沒有了五屜桌上大瓶小盒那些化妝品，以及那面破鏡架子，這屋子裡越是簡單整潔，他越覺得有一種寂寞而又空虛的氣氛。同時，牆角下有兩個白木小凳子，那是兩個孩子坐著玩的。他想到了兩個孩子，好像兩個小影子，在那裡晃動。他心房連跳了幾下，坐不下去了，趕快掩上房門倒扣了，又跑上街來。

他看到街兩邊的人行道上，來往地碰著走，他看到每一輛過去的公共汽車，擠得車門合不攏來，他覺得這一百二十萬人口的大重慶，是人人都在忙著，可是自己卻一點不忙，而且感到這條閒身子，簡直沒有地方去安頓，於是看看街上的動亂，他有點茫然。不知不覺地，隨了兩位在面前經過的人走去。

走了二三十家店面，他忽然省悟過來：我失業了，我沒有事，向哪裡去？把可以看的朋友，今天也都拜訪完了，晚晌也不好意思去拜訪第二次。他想來想去地走著，最後想著，還是去坐茶館吧。立刻就向茶館走。

這晚來得早一點，茶館裡的座位，比較稀鬆，其中有一位客人占著一張桌子的。和人並座喝茶，這是最理想的地方，他就徑走攏，跨了凳子坐下。原來坐著喝茶的人，正低了頭在看晚報。這時被新來的人驚動著抬起來頭，正是昨日新認識的余進取先生。他呀了一聲，站將起來，笑著連連的點頭道：「歡迎歡迎！魏先生又是一個人來喝茶？今天沒有帶燒餅來？」魏端本笑道：「我們也許是同志吧？我吃過了晚飯，所以沒有帶燒餅，可是余先生沒有例外，今天還帶著晚報。」

他笑道：「你看我只是一位起碼的公務員不是？但是我對於國家大事，倒是時刻不能忘懷。我也希望能夠發財，有個安適的家，可以坐在自己的書桌上，開電燈看晚報，但也許那是戰後的事了。」他說畢，微微的嘆了一聲，兩手捧起晚報來，向下看看。

魏端本聽他這話音，好像他也是沒有家的，本來想跟著問他的，他已是低頭看報，也就自行捧了蓋碗喝茶。那余先生看著報，突然將手在桌沿上重重拍了一下道：「我早就猜著是這個結果。黑市和官價相差得太多了，政府絕不能永遠便宜儲蓄黃金的老百姓，到了一定的時期，官價一定要提高。據我的推測，三個月後，黃金的官價一定要超過十萬。這個日子，有錢買進黃金，還不失為一個發財的機會。」他先是看了報紙，後來就對了魏端本說，正是希望得一聲讚許之詞，可是魏端本心裡，就彆扭著想：怎麼處處都遇見談黃金生意的人呢？

第十四回　有家不歸

魏端本迷了一陣子黃金，絲毫好處沒有得著，倒坐了二十多天的看守所。他對於黃金生意，雖然不能完全拋開，但他也有了點疑心，覺得這注人人所看得到的財，不是人人所能得到的，可是他的朋友，卻不斷地給他一種鼓勵。第一是陶伯笙太太，她說要另想辦法。第二是劉科長，他說以後不受什麼拘束，脫了褲子去賣，也要作黃金生意。第三就是這位坐茶館的余進取先生了。他不用人家提，自言自語地要作黃金生意。這是第二次見面，就兩次聽到他發表黃金官價要提高。

魏先生心裡自想著，全重慶人無論男女老少，都發生了黃金病。若說這事情是不可靠的，難道這些作黃金的人都是傻子？他心裡立刻發生了許多問題，所以沒有答覆余進取的問話。然而余先生提起了黃金，卻不願終止話鋒，他望了魏端本笑道：「魏先生，你覺得我的話怎麼樣？有考慮的價值嗎？」魏端本被他直接地問著，這就不好意思不答覆。因道：「只要是不犯法的事，我們什麼都可以做。」

余進取笑著搖搖頭道：「這話還是很費解釋的。犯法不犯法，那都是主觀的。有些事情，我們認為不犯法，偏偏是犯法的。我們認為應當犯法，而實際上是絕對無罪。再說，這個年月，誰要奉公守法，誰就倒楣。我們不必向大處遠處說，就說在公共汽車上買車票吧。奉公守法的人最是吃虧，不守法的人，可以買得到票，上了車，可以找著座位。那守法的人，十回總有五回坐不上車吧？我是三天兩天，就跑歌樂山的人，我原來是排班按次序買票，常常被擠掉，後來和車站上的人混熟了，偶然還送點小禮，彼此有交情了，根本不必排班，就可以買到票。有了票，當然可以先上車，也就每次有座位，這樣五六十公里的長途，在人堆裡擠在車上站著，你想那是什麼滋味？那就是守法者的報酬。」

魏端本坐在茶館裡，不願和他談法律，也不願和他談黃金。因他提到歌樂山，便道：「那裡是個大建設區了。現在街市像個樣子了吧？」余進取道：「街市倒談不上，百十來家矮屋子在公路兩邊夾立著，無非是些小茶館小吃食宿。有錢的人，到處蓋著別墅，可並不在街上。上等別墅不但是建築好，由公路上引了支路，汽車可以坐到家裡去。你想國難和那些超等華人有什麼關係？」

魏端本道：「但不知這些闊人在鄉下作些什麼娛樂。他們能夠遊山玩水，甘守寂寞嗎？」余進取道：「那有什麼關係？他們有的是交通工具的便利，什麼時候高興，什麼時候進城，耽誤不了他們的興致。若是不進城，鄉下也有娛樂，尤其是賭錢，比城裡自在得多，既不怕憲警干涉，而且環境清幽，可以聚精會神的賭。天晴還罷了，若是陰雨天，幾乎家家有賭。」魏端本笑道：「到了霧季，重慶難得有晴天。」余進取笑道：「那還用說嗎？就是難得有一家不賭。這倒也不必管人家，世界就是一個大賭場，不過賭的手法不同而已。你以為希特勒那不是賭？」

魏端本坐的對面，就是一根直柱。直柱上貼了張紅紙條，楷書四個大字，「莫談國事」。他對那紙條看了看，又覺得要把話扯開來，嘆口氣道：「談到賭，我是傷心之極。」余進取笑道：「你老哥在賭上翻過大筋斗的？」他搖搖頭道：「我不但不賭，而且任何一門賭，我全不會。我的傷心，是為了別人賭，也不必詳細說了。」說畢，昂著頭長長地嘆了口氣。

余進取聽了這話，就料定他太太是一位賭迷，這事可不便追著問人家。於是在身上掏出那黃河牌的紙菸，向魏端本敬著。他笑道：「我又吸你的菸。」余進取笑道：「我還是那句話，茶菸不分家，來一支，來一支。」說時，他搖撼著紙菸盒子，將菸支搖了出來。同時，另一隻手在制服衣袋裡掏出火柴盒子，向桌子對面扔了來。笑道：「來吧，我們雖是只同坐過兩次茶館，據我看來，可以算得是同志了。」魏端本看他雖一樣地好財，倒還不失為個爽直人，這就含笑點著頭，把那紙菸接過來吸了。

兩人對坐著吸菸，約莫有四五分鐘都沒有說話。余進取偷眼看了看他的臉色，見他兩道眉頭子，還不免緊蹙到一處，這就向他帶了笑問道：「魏先生府上離著這裡不遠吧？」魏端本噴著煙嘆了口氣道：「有家等於無家吧？太太帶著孩子回娘家去了。家裡的事，全歸我一人做。我不回家，也就不必舉火，省了多少事，所以我專門在外面打游擊。」

余進取拍了桌沿，作個贊成的樣子，笑道：「這就很好哇。我也是太太在家鄉沒來，減輕了罪過不少。別個公教人員單身在重慶，多半是不甘寂寞。可是我就不怎麼樣，如其不然，我能夠今天在重慶，明天有歌樂山嗎？魏先生哪天有工夫，也到歌樂山去玩玩？我可以小小的招待。」魏端本淡淡地一笑道：「你看我是個有心情遊山玩水的人嗎？但是，我並沒有工作，我現在是個失了業，又失了靈魂的人。」

余進取越聽他的話，越覺得他是有不可告人之隱，雖不便問，倒表示著無限的同情，想了一想道：「老兄若是因暫時失業而感到無聊，我倒可以幫個小忙，我們那機關，現在要找幾個僱員抄寫大批文件，除了供膳宿而外，還給點小費。這項工作，雖不能救你的窮，可是找點事情作，也可以和你解解悶。」魏端本道：「工作地點在歌樂山吧？城裡實在讓我住得煩膩了，下鄉去休息兩個月也好。這幾天我還有點事情要作，等我把這事情作完了，我就來和余先生商量。」

余進取昂頭想了一想，點了下巴頦道：「我若在城裡，每日晚上，準在這茶館子裡喝茶，你到這裡來找我吧。」魏端本聽了這話，心裡比較是得著安慰，倒是很高興地喝完了這回茶。

當天晚上他回到家裡，獨自在臥室裡想了兩小時，也就有了個決心。次日一早起來，把所有的零錢都揣在身上，這就過江向南岸走去。南岸第一個大疏建區是黃角椏，連三年不見面的親友都算在內，大概有十來家，他並不問路之遠近，每家都去拜會了一下。他原來是有許多話要問人家，可是他見到人之後，卻問不出來，只是說些許久不見，近來生活越高的閒話。可是他的話雖說不出來。在大家不談他的太太，或者不反問他的太太好嗎，這就知道他太太並沒有到這裡來，那也就不必去打聽，以免反而露出了馬腳。

這樣經過了一日的拜訪，並無所得，當晚在黃角椏鎮市上投宿，苦悶淒涼地睡了一晚。第二日一早起來。恐怕去拜訪朋友不合宜，勉強地在茶館裡坐著喝早茶，同時，也買些粗點當早飯。這茶飯去菜市不遠，眼看到提籃買菜的，倒有一半是人家的主婦，這自然還是下江作風。他就聯帶地想起一件事，太太的賭友住在黃角椏的不少人裡面很有幾位是保持下江主婦作風的。可能她們今天也會來。那麼，遇到了她們其中的一個，就可以向她打聽太太的消息了。

這樣想著，就對了街上來往的行人特別注意。總算皇天不負苦心人，當他注意到十五分鐘以後，看到那位常邀太太賭錢的羅太太，提了一隻菜籃子由茶館門前經過，這就在茶座前站了起來，點著頭叫了聲羅太太。她和魏端本也相當地熟，而且也知道他已是吃過官司的人，很吃驚地呀了一聲道：「魏先生今天也到這裡來了？太太同來的嗎？」魏端本道：「她前兩天來過的。」說著話，他也就走出茶館來。

羅太太道：「她來過了嗎？我並沒有看到過她呀。我聽到說她到成都去了。」魏端本無意中聽了這個消息，倒像是兜胸被人打了一拳。這就呆了一呆，若笑著沒有說出什麼話來。羅太太多少知道他們夫妻之間的一點情形，立刻將話扯了開來。笑道：「魏先生，你知道我家的地點嗎？請到我家去坐坐。」魏端本道：「好的，回頭我去拜訪。」其實，他並不知道羅公館在哪裡。

眼望著羅太太點頭走了，他回到茶座上呆想了一會，暗下喊著：「這我才明白，原來田佩芝到成都去了。這也不必在南岸胡尋找些什麼，還是自回重慶去作自己前途的打算。這位抗戰夫人早就有高飛別枝的意思，女人的心已經變了，留戀也無濟於事，只要自己發個千兒八百萬的財，怕她不會回來。所可惜的是自己兩個孩子，隨著這個慕虛榮的青年母親，知道他們將來會流落到什麼人手上去。嗐！人窮不得。」

隨了他這一聲驚嘆，口裡不免喊出來，同時，將手在桌沿上拍了一下。凡是來坐早茶館的人，在這鄉鎮上大多數是有事接洽，或趕生意做的。只有魏先生單獨地起早坐茶館無所事事，他已經令人注意。他這時伸手將桌子一拍，實在是個奇異的行動，大家全回過頭來向他望著。他也覺得這些行動，自己是有些失態，便付了茶資匆匆地走了。

他獨自地走著路，心裡也就不斷的思忖藉以解除著自己的苦悶。他忽然聽到路前面有操川語的婦人聲，還帶了很濃重的江蘇音，很像是自己太太說話。抬頭看時，前面果有三個婦人走路。雖然那後影都不像自己的太太，但他不放心，直等趕上前面分別地看著，果然不是自己的太太，方才罷休。

他在過渡輪的時候，買的是後艙票。他看到有個女子走向前艙，非常地像自己的太太。後艙是二等票，前面有木柵欄著，後艙人是不許可向前艙去的。他隔了木柵，只管伸了頭向前艙去張望著。當這輪船靠了碼頭的時候，前後艙分著兩個艙口上岸，魏端本急於要截獲自己的太太，他就搶著跑到人的前面去。跳板只有兩尺多寬，兩個排著走，是不能再讓路的了。他急於要向前，就橫側了身子，作螃蟹式的走路。在雙行隊伍的人陣上，沿著邊抄上了前。上岸的人看到他這個樣子，都瞪了大眼向他望著。但他並不顧忌，上了岸之後，一馬當先，就跑到石坡子口上站定，對於上岸的任何一個人，都極力地注意看。

在上岸的人群中，他發現了三個婦人略微有點兒像自己的太太，睜了大眼望著。可是不必走到面前，又發現自己所猜的是差之太遠了。站在登岸的長石坡上，自己很是發呆了一陣。心想，自己為什麼這樣神經過敏。太太把坐牢的丈夫丟了，而出監的丈夫，就時刻不忘逃走的太太。

他呆站著望了那滾滾而去的一江黃水。那黃水的下游，是故鄉所在，故鄉那個原配的太太，每次來信，帶了兩個孩子，在接近戰場的地方，掙扎著生命的延長，希望一個團圓的日子。無論怎麼樣，那個原配的太太是大可欽佩的。他這樣地想著，越覺得自己的辦法不對，這也就不必再去想田佩芝了。

他回想到余進取約他到歌樂山去當名小僱員，倒還是條很好的路子，當天晚上就去茶館裡去候他，偏是計劃錯了，他這天並不曾來。過了三天，也沒有見著。自己守著那個只有家具，沒有細軟，沒有柴米的空殼家庭，實在感到無味，而自己身上的零碎錢，也就花費得快完了。終日向親友去借貸，也不是辦法，於是自下了個決心，向歌樂山找余先生去。好在余先生那個機關，總不難找。他鎖上了房門，並向冷酒店裡老闆重託了照應家，然後用著輕鬆的情緒，開著輕鬆的步子，向長途巴士站走去。

這個汽車站，總攬著重慶西北郊的樞紐，所有短程的公共汽車，都由這裡開出去。在那車廠子裡，成列的擺著客車，有的正上著客，有的卻是空停在那裡的。車站賣票處，正排列著輪班買票的隊伍。在購票的窗戶外面，人像堆疊在地面上似的，大家在頭頂上伸出手來，向賣票窗裡搶著送鈔票。魏端本看看這情形，要向前去買票是不可能的，而且賣票處有好幾個窗戶眼，也不知道哪個窗戶眼是賣歌樂山的票。

他被擁擠著在人堆的後面，正自躊躇著，不知向哪裡去好，也就在這時，聽到身後有人叫人力車子，那聲音非常像自己太太說話。趕緊回頭看時，也沒有什麼跡象。他自己也就警戒自己，為什麼神經這樣緊張？風吹草動都翻，自己太太有關係，那也徒然增加自己的煩惱，於是又向前兩步擠到人堆縫裡去，接著又聽到有人道：「柴家巷和人拍賣行。」這句話，聽得清清楚楚，決計是自己太太的聲音。

剛才回頭看時有一輛由歌樂山開來的車子，剛剛到站才有兩三個人下車。當時只注意到站上原來的人，卻沒有注意上下車的人，也許是太太沒有下車，就在車子上叫人力車的。這樣想著，立刻回轉身來向車廠子外看了去，果然是自己的太太，坐在一輛人力車上。因為車站外就是一段下坡的馬路，人力車順了下坡的路走去，非常地快，只遙遠地看到太太回轉雪白泛紅的臉子，向車站看上了一眼，車站上人多，她未必看見了丈夫。

抬起手來，向馬路那邊連連地招了幾招，大聲叫著佩芝，可是他太太就只回頭看了一次，並不曾再回過頭。他就想著：太太回到了重慶，總要回家，到家裡去等著她吧。鑰匙在自己身上，太太回去開不了門，還得把她關在房門外頭呢，想時，不再猶豫了，一口氣就跑回家去。

冷酒店裡老闆正站在屋簷下，看到他匆匆跑回來，就笑問道：「魏先生不是下鄉嗎？」他站著喘了兩口氣，望了他道：「我太太沒有回來？」老闆道：「沒有看見她回來。」魏端本還怕冷酒店老闆的言語不可靠，還是穿過店堂，到後面去看看。果然，兩間房門，還是自己鎖著的原封未動。

他想著太太也許到廚房裡去了，又向那個昏暗的空巷子裡張望一下。這廚房裡爐灶好多天沒有生火，全巷子是冷冰冰的。人影子也沒有，倒是有兩隻尺多長的耗子，在冷灶上逡巡，看到人來，拋梭似地逃走，把灶上一個破碗衝到地面，打了個粉碎。魏先生在這兩隻老鼠身上，證明了太太的確沒有回來。他轉念一想，她是把鑰匙留在陶家的，也許她在陶家等著我吧？於是抱著第二次希望，又走到隔壁陶家去。

那位陶伯笙太太，提了一籃子菜，也正自向家裡走。她沒有等魏端本開口，先就笑道：「太太是昨晚上回來的嗎？怎麼這樣一早就出去了？」魏端本道：「你在哪裡看到她的，看錯人了吧？」陶太太笑道：「我們還說了話呢？怎麼會看錯了人呢？」她並不曾對魏端本的問話怎樣注意，交代過也就進家去了。

魏端本站在店鋪屋簷下，不由得心房連跳了幾下。她回到了重慶，並不回家，也沒有帶孩子，向哪裡去了？而且她回頭一看時，見她胭脂粉塗抹得很濃，身上又穿的是花綢衣服，可說是盛裝，她又是由哪裡來？聽到叫車子是向人和拍賣行去，她發了財了，到拍賣行裡收買東西去了，彼此拆夥，也不要緊，但為了那兩個孩子，總也要交代個清楚，時間不算太久，就迫到拍賣行去看看，無論她態度如何，總也可以水落石出。他這樣想著立刻開快了步子，就向柴家巷走了去。

事情是那樣的不巧，當魏先生看到人和拍賣行大門，相距還有五十步之遙，就見一個女人穿了寶藍底子帶花點子的綢衫，肩上掛了一隻有寬頻子的手皮包，登上一部漂亮的人力車，拉著飛跑地走了。那個女人，正是自己的太太。他高喊著佩芝佩芝，又抬起手來，向前面亂招著，可是那輛車子，是徑直地去了，絲毫沒有反響。

魏端本看那車子跑著，並不是回家的路，若是跟著後面跑，在繁華的大街上未免不像樣子。他慢慢地移步向前，且到拍賣行裡去探聽著，於是放從容了步子，走進大門去。這是最大的一家拍賣行，店堂裡玻璃櫃子，縱橫交錯的排列著。重慶所謂拍賣行，根本不符，它只是一種新舊物品寄售所，店老闆無須費什麼本錢，可以在每項賣出去的東西上得著百分之五到十的傭金。所以由東家到店員，都是相當闊綽的。

魏端本走進店門去，首先遇到了一位穿西服的店員，年紀輕輕的，臉子雪白，頭髮梳得很光，鼻子上架著金絲眼鏡，看起來，很像是個公子哥兒。魏端本先向他點了頭，然後笑道：「請問，剛才來的這位小姐，買了什麼去了？」那店員翻了眼睛向他望著，見他穿了灰布制服，臉上又是全副霉氣，便道：「你問這事幹什麼？那是你家主人的小姐嗎？」

魏端本聽著，心想，好哇，我變成了太太的奴隸了。可是身上這一份穿著和太太那份穿著一比，也無怪人家認為有主奴之分。便笑道：「確是我主人的小姐。主人囑我來找小姐回去的。」說到這裡櫃檯裡又出來一位穿西服的人，年紀大些，態度也穩重些，就向魏端本道：「你們這位小姐姓田，我們認得她的。她常常到我們這裡來賣東西。前幾天她在手上脫下一枚鑽石戒指，在我們這裡寄賣，昨天才賣出去。今天她來拿錢了。買主也是我們熟人，是永康公司的經理太太。你們公館若要收回去的話，照原價贖回，那並沒有問題。」

魏端本明白了，拍賣行老闆，把自己當了奉主人來追贓的聽差。笑道：「那是小姐自己的東西，她賣了就賣了吧。主人有事要她回去。不知道她向哪裡去了。」那年紀大的店員向年紀輕的店員問道：「田小姐不是不要支票，她說要帶現鈔趕回歌樂山嗎？」年輕店員點了兩點頭。那店員道：「你要尋你們小姐，快上長途巴士站去，搭公共汽車，並沒有那樣便利，你趕快去，還見得著她，不過你家小姐脾氣不大好，我是知道的，你仔細一點，不要跑了去碰她的釘子。」

魏端本聽到這些話，雖然是胸中倒抽幾口涼氣，可是自己這一身穿著，十分的簡陋，那是無法和人家辯論的。倒是由各方面的情形看起來，田佩芝的行為，是十分的可疑，必須趕快去找著她，好揭破這個啞謎。這樣地想了，開快了步子，又再跑回汽車站去。

究竟他來回地跑了兩次，有點兒吃力，步伐慢慢地走緩了。到了車站，他是先奔候車的那個瓦棚子裡去。這裡有幾張長椅子，上面坐滿了的人，並不見自己的太太，再跑到外面空場子來，坐著站著的人，紛紛擾擾，也看不出太太在哪裡。他想著那店友的話，也未必可靠，這就背了兩手，在人堆裡來回地走著。

約莫是五六分鐘，他被那汽車哄咚哄咚的引擎所驚動，猛然抬頭，看到有輛公共汽車，上滿了客，已經把車門關起來了。看那樣子，車子馬上就要開走。車門邊掛了一塊木牌子，上寫五個字，開往歌樂山。他猛然想起，也許她已坐上車子去了吧？於是兩隻腳也不用指揮，就奔到了汽車邊。這回算是巧遇，正好車窗裡有個女子頭伸了出來，那就是自己的太太。他大聲地叫了一句道：「佩芝，你怎麼不回家？又到哪裡去？」

魏太太沒有想到上了汽車還可以遇到丈夫，四目相視，要躲是躲不了的。紅了臉道：「我……我……我到朋友那裡去有點事情商量，馬上就回來。」魏端本道：「有什麼事呢？還比自己家裡的事更重要嗎？你下車吧。」魏太太沒有答言，車子已經開動著走了。

魏端本站在車子外邊，跟著車子跑了幾步，而魏太太已是把頭縮到車子裡去了。他追著問道：「佩芝，我們的孩子怎麼樣了？孩子！孩子！」

第十五回　各有一個境界

魏端本先生雖是這樣地叫喊著，可是開公共汽車的司機，他並不曉得，這輛汽車，很快地就在馬路上跑著消失了。他在車站上呆呆地站了一陣子，心裡算是有些明白：太太老說著要離婚，這次是真的實現了。她簡直不用那些離婚的手續，逕自離開，就算了事。太太走了就走了，那絕對是無可挽回的，不過自己兩個孩子總要把他們找回來。

他站著這樣出神，那車站上往來的人，看到他在太陽光下站著，動也不動，也都站著向他看。慢慢的人圍多了，他看到圍了自己，是個人圈子，他忽然省悟，低著頭走回家去。他說不出來心裡是一種怎樣的空虛，雖然家裡已經搬得空空的，可是他覺著這心裡頭的空虛，比這還要加倍。所幸家裡的破床板，還是可以留戀的。他推著那條破的薄棉絮，高高地堆著，側著身子躺下去。也許這天起來得過早，躺下去，就昏昏沉沉地睡著了。

不知睡了多少時候，醒過來坐著，向屋子周圍看看，又向開著的窗口看看，自言自語地說了句沒意思，他又躺下了。這次躺下，他睡得是半醒，聽得到大街上的行人來往，也聽到前面冷酒店裡的人在說話，可是又不怎樣的清楚。幾次睜開眼來，幾次復又閉上。最後他睜開眼，看到屋梁上懸下來的電燈泡，已發著黃光，他就突然地一跳，又自言自語道地：「居然混過了這一天，喝茶去。」

他起身向外，又覺得眼睛迷糊，人也有些昏沉沉的，這又轉身轉來，拿了舊臉盆，在廚房裡打了一盆冷水來洗臉。雖然這是不習慣的，臉和腦子經過這冷水洗著，皮膚緊縮了一下，事後，覺得腦子清楚了許多，然後在燒餅店裡買了十個燒餅將報紙包著，手裡捏了，直奔茶館。這次沒有白來，老遠的就看到余進取坐在一張桌子邊，單獨地看報喝茶。魏先生當然和他同桌坐下。余進取只是仰著臉和他點了個頭，然後又低下頭去看報。

魏端本是覺得太飢餓了，麼師泡了沱茶來了，他就著熱茶，連續地吃他買的十個燒餅。余進取等他吃到第八個燒餅的時候，方才放下報來，這就笑道：「老兄沒有吃飯吧？我看你拿著許多燒餅，竟是一口氣吃光了。」魏端本道：「實不相瞞，我不但沒有吃晚飯，午飯也沒有吃，早飯我們是照例免了的。」

余進取將手上的報紙放在桌沿上，然後將手拍了兩下，嘆道：「老兄，你的生活太苦了，這樣下去，你這樣維持生活，再說，你有家屬的人，太太也不能永遠住在親戚家裡，她肯老跟你一樣，每日只吃幾個燒餅度命嗎？」魏端本道：「那是當然。離亂夫婦，也管不了許多，大難來到各自飛跑。」說著，他連續地把那剩餘的兩個燒餅吃了，然後，端起蓋碗來，咕嘟了兩口熱茶。

余進取道：「我勸你還是找點小生意作吧，不要相信那些高調，說什麼堅守崗位。」魏端本道：「我當然不會相信這些話，而且我根本也沒有崗位。」余進取道：「你能那樣想，那就很好。你看這報上登著這物價的行市，上去了就不肯下來，縱然有跌，也是漲一千跌五十，連一成也不夠。你不要相信什麼管制統制的話，譬如黃金官價現定三萬五一兩，官家可不肯照這行市二兩三兩的賣現金給你。你要買，是六個月以後兌現的黃金儲蓄券，或者是連日期都沒有的期貨，而且那是給財神爺預備的，我們沒有這分希望。我們只有作點兒小生意買賣吧，反正什麼物價，也是跟了黃金轉。你看今天的晚報。」說著，他將手指著晚報的社會新聞版。

魏端本看那手指的所在，一行大字題目，載著七個字：「金價破八萬大關。」他心裡想著，原來余先生天天看晚報上勁，他所要知道的，並不是我們的軍隊已反攻到了哪裡，而是金價漲到了什麼程度。像他這樣一個天天坐小茶館的人，有多少錢買金子，何必這樣對金價注意？他是這樣想著，而余先生倒是更是表現著他對金價的注意。他已把那張晚報重複地捧了起來，就在那昏黃的燈光向下看。

魏端本笑道：「余先生，我倒有句話忍不住要問你了。你大半時間在鄉下的，在鄉下打聽不到金價，我們要根據這金價作生意，那怎樣地進行呢？」他含笑道：「作生意的人，無論住在什麼地方，消息也是靈通，就以我住的歌樂山而論，那周圍住的金融家，政治家，數也數不清，在他們那裡就有消息透出來。」

今天聽到歌樂山這個名詞，魏端本就覺得比往日更加倍的注意。這就問道：「歌樂山的闊人別墅很多，那我是知道的，好像女眷們都不在那裡。」余進取道：「你這話正相反。別墅裡第一要安頓的就是好看的女人。有眷屬的，當然由城裡疏散到鄉下去。沒有眷屬的，他們也不會讓別墅空閒著。你懂這意思嗎？那裡也可以湊份臨時家眷啦，有錢的人何求不得？」他說著話，不免昂起頭來嘆了口氣。

這話像是將大拳頭在魏先生胸口上打了一下，他默默地喝著茶，有四五分鐘沒有作聲。他臉上現出了很尷尬的樣子，向余進取笑問道：「你幾時回歌樂山去？」余進取見他臉上泛起了一些紅色，以為他是不好意思。這就向他笑道：「我本來打算後天回去。不過我來往很便利，我可以陪同你明日到歌樂山去，給你把那工作弄好。抄文件這苦買賣，現在沒有人肯幹，你隨時去都可以成功，是我先提議的，你有什麼不好開口的呢？」

他根本沒有了解魏端本的心事，魏先生苦笑了一笑，又搖了兩搖頭道：「朋友，我落到現在，還有什麼顧忌，而不願開口向人找工作嗎？我心裡正還有一件大事解絕不了，我想找個人商量商量。這人也許在歌樂山。所以我提到下鄉，我心裡就自己疑惑著，是不是和那人見面呢？」余進取笑道：「大概你是要找一位闊人。」魏端本道：「那人反正比我有錢。我知道今天她就賣了一隻鑽石戒指。」余進取道：「是個女人？」

魏端本也沒有答覆他這話，自捧起蓋碗來喝茶。他向旁邊桌子上看去，那裡正有兩個短裝人，抱了桌子角喝茶，其間一個不住的向這邊桌子上探望。魏端本心想，什麼意思？我那案子總算已經完了，他老是看著我，還有人跟我的蹤嗎？就在這時，一位穿粗嗶嘰中山服的中年漢子，走了進來，下面可是赤腳草鞋。頭上戴了頂盆式呢帽子，走進了茶館，也不取下。這就聽到送開水的麼師叫著，劉保長來了。那個短裝人，就仰向前道：「保長，我正等著你呢，一塊兒喝茶吧。」劉保長笑道：「要得嗎！羅先生多指教。洪先生倒是好久不見，聽說現在更發財了。」那個姓羅的，就拉了保長到更遠的一張桌子上去了。魏端本想著，這事奇怪，簡直是計算著我。我可以不理他。法院已經把我取保釋放了，還會再把我抓了去不成？而且我恢復自由，天天為了兩頓飯發愁，根本沒有什麼行動可以引人注意的。這就偏過臉去和余進取談話。余先生心裡沒事，也就沒有注意往別張茶桌上看。看了他那份尷尬的樣子，倒十分地同情他，就約了次日早晨坐八點鐘第二班通車到歌樂山去。

魏端本說不來心裡是一種什麼滋味，像是空蕩蕩的，覺得什麼希望都沒有了。好像有千種事萬種事解絕不了，把五臟都完全堵塞死了。他出了茶館，走到自己家的冷酒店門口，他又停住了腳，轉著身向大街上走。他看到那個綢緞百貨店窗飾裡燈彩輝煌，心裡就罵著：這是戰時首都所應有的現象嗎？走到影院門口，看到買電影票子的，也是排班站了一條龍，他心裡又暗罵著：這有買黃金儲蓄券那個滋味嗎？看到三層樓的消夜店，水泥灶上，煮著大鍋的湯糰，案板上鋪著千百只餛飩，玻璃窗裡，放著薰臘魚肉，彷彿那些魚肉的香味都由窗縫子裡射了出來，那穿西裝的人，手膀上挽了女人，成對地向裡面走。他心裡想著：這大概都是作生意的人吧。這世界是你們的，你們囤積倒把，有了錢就這樣的享受。我們不過挪用幾個公款，照規矩去作黃金儲蓄，這有什麼了不得，而自己就為這個坐了牢了。天下事，就這樣不平等？我要撿起一塊磚頭來，把這玻璃窗子給砸了。

他想到這裡，咬著牙，瞪了眼睛望著。身後忽然有人叫道：「魏先生，你回來了。」他回頭看時，正是鄰居陶伯笙，他站在人行路上，身子搖搖晃晃的，幾乎是要栽倒，雖是不曾說話，那鼻子裡透出來的酒味，簡直有點讓人嗅到了要作嘔。便答道：「我回來好幾天了。老沒有看到你。你們都到哪裡去了？」陶伯笙兩手一拍道：「不要提，賭瘋了。」

他說這話時，身子前後搖盪著，幾乎向魏端本身上一栽。他道：「陶兄，你喝多了，我送你回去吧。」陶伯笙搖了兩搖頭道：「我不回去。我不發財，我不回去。要發財，也不是什麼難事。實不相瞞，我已經兜攬得了一筆生意。我陪人家到雷馬屏去一道，回來之後，他們賺了錢，借一筆款子我作生意。我……」說著，他身子向前一歪，手扶了魏端本的肩膀，對他耳朵邊，輕輕道地：「雷波這一帶，是川邊，出黑貨，黑市帶來脫了手，我們買黃的。」

魏端本立刻將他扶著，笑道：「老兄，你醉了。大街之上，怎麼說這些話。」他站定了，笑道：「沒關係，人為財死，鳥為食亡。我今天晚上有個局面，再唆哈一場，贏他一筆川資。回去我是不回去的了。我已經知道，我女人在醫院裡輸血，換了錢買米，我男子漢大丈夫，還好意思回家去吃她的血嗎？今天晚上贏了錢，明天請你吃早點。」他說著這話，抬起一隻手在空中招了兩招，跌跌撞撞，在人叢中就走了。走了十來步，他又復身轉來，握了魏端本的手道：「我們同病相憐。我太太瞧不起我，你太太也瞧不起你，我太太若有你太太那樣漂亮，那有什麼話說，也走了。你太太的事，我知道一點，不十分清楚，誰讓你不會作黃金生意呢？」他說了這話，伸手在魏端本肩上拍了兩下，那酒氣熏得人頭痛。

魏端本趕快偏過頭來，咳嗽了兩聲，回過頭來時，他已走遠了。魏端本聽了這話，心裡是特別地難過。回家的時候，正好在門口遇到陶太太，她左手上提了一隻旅行袋，右手扶一根手杖。魏端本道：「你這樣深夜還出門嗎？」她道：「你不看我拿著手杖，我是由外面化緣回來。」他道：「化緣？這話怎麼說？」她嘆了口氣道：「老陶反對我勸他戒賭，他有整個禮拜不回來了。我知道他無非是在幾個濫賭的朋友家裡停留下了，那也只得隨他去吧。他不回來，我倒省了不少開支。我現在自食其力，在親戚朋友那裡，不論多少，各借了一點錢，有湊一萬八千的，也有千兒八百的，裝了這一袋零票碎子，從明天起，我出去擺個紙菸攤子。我倒要和他爭一口氣。」

魏端本聽了這話，就沒有敢提陶伯笙的話。不過陶伯笙說是同病相憐，卻不解何故。他呆站著望了陶太太，不能作聲。陶太太倒怪不好意思的，悄悄地走了。

魏端本將陶家夫婦和自己的事對照一下，更是增加了感慨，也懊喪地走回家去。臥室門是開的，電燈也亮了，他心想：出門的時候，是帶著房門的，難道又是野狗衝進去了？可是野狗也不會開電燈。因此進房之後，不免四處張望，見方桌上放了一封信，上寫魏端本君開拆，那信封乾淨，墨汁新鮮，分明是新寫的。趕快拿起信來，將信籤抽出來看，倒只有一張信紙，並無上下款。信紙上寫：

你太太在外邊，行同拆白，騙了友人金鐲，鑽石，衣料多件，又竊去友人現款三百萬元之多。聽說你要下鄉去找她，那很好。你告訴她，偷騙之物，早早歸還，還則罷了。如其不然，朋友絕不善罷甘休。閣下也必須連帶受累。請將此信，帶給她看，她自知寫信者為誰也。

信後畫了一把刀，注著日子，並無寫信人具名。魏先生拿了這紙信在手上，只管周身發抖。眼看了這紙上的字都像蟲子一樣，只管在紙上爬動。他將信放下，人向床鋪上橫倒下去，全身都冒著冷汗。

他前後想了兩三小時，最後，他自己喊出了個「罷」字，算是結論，而且同時將床鋪捶了一下。他當然又是一晚不曾睡好。不過他迷糊著睡去，又醒來之後，卻是聽到一片的嘈雜市聲。在大街上寄居的人，這點可告訴他是時間不早了，他跳下床來，首先到前面冷酒店裡去打聽了一下時間，業已八點。他匆匆地收拾了十五分鐘，立刻帶了一個包袱，奔上汽車站。

又是個細雨天，滿街像塗了黑漿，馬路兩邊，紙傘擺著陣勢，像幾條龍燈，來往亂鑽。穿過兩條街，在十字路口，有個驚奇的發現。陶太太靠著一家關閉著店門的屋簷，坐在階石上，身邊立著一個白木支腳的紙菸架子，其上擺滿了紙菸盒。她身上穿件舊藍布罩衫，左鼻子上架了一副黑眼鏡，兩手撐起一把大雨傘，然而她衣服的下半截，已完全打溼了。在那副黑眼鏡上，知道她是不願和熟人打招呼的，自也不必去驚動她了。

他又是低了頭走著。有人叫道：「魏先生，也是剛出門，我怕我來遲了，你會疑心我失約的。」說話的，正是余進取，他是由一家銀樓出來。魏端本道：「余先生買點金子？」他低聲笑道：「我買什麼金子？我有這麼一個嗜好，若是在城裡的話，我總得到銀樓裡去看看黃金的牌價。銀樓是重慶市上的新興事業，幾乎每條街上都有銀樓，我隨便走到哪裡，都可以看看黃金的牌價。在這點上，倒讓我試出了銀樓業的信用，這倒是一致的，任何大小銀樓，牌價倒是一樣。」魏端本滿腹都是愁雲慘霧，聽了他這話，倒禁不住笑了出來。

卻喜是陰雨天，下鄉人少，到了車站，很容易地買到了車票。上車之後，魏端本又發現了一個可注意的人，便是昨晚在茶館裡向保長說話的羅先生。他緊跟在後面，走上了車子，就找個座位坐了。魏端本看他一眼，他也就回看了一眼。魏端本心裡想著，難道我還值得跟蹤？好在自己心裡是坦然的，就讓他跟著吧。

他默然地和余進取坐在車子角上。但是姓余的卻不能默然，一路都和他談著物價黃金。魏端本只是隨聲附和，並沒有發表意見。余進取也就看到了他一點意思，把話轉了一個方向。因道：「你的工作沒有問題，不必發愁。為了安定你的心事起見，下車之後，我就帶你去見何處長。本來這事無須去見這高級長官，不過他這個人倒也平民化，你和他談過了，給他一個好印象，也許有升遷的機會。」魏端本只是道謝著。

十二點鐘，車子到了歌樂山。余進取是說了就辦，下車之後，將彼此帶的東西，存在鎮市上一家茶館裡，就帶了魏端本向何處長家來。離開公路，由山谷的水田中間，順了一條人行小路，走上一個小山丘。那山丘圓圓的，緊密著生了松槐雜樹，有條石砌的坡子，在綠樹裡繞著山麓上升。這個日子，正是杜鵑花盛開的時候，樹底下，長草叢中，還有石砌縫子裡，一叢叢的杜鵑花紅得像在地面上舉著火把。這時細雨已經定止了，偶然有風經過搖著樹枝，那上面的積水，滴卜滴卜，打在石坡上作響。

魏端本道：「在這個地方住家真好，這裡是沒有一點火藥味的。」余進取笑道：「我們得發財呀，發了財就可以有這種享受了，所以我腦子裡晝夜都是一個經營發財的思想。這個大前提不解決，其餘全是廢話。有人笑我財迷，你就笑我吧。他們沒有知道這無情的社會，是現實不過的，沒有錢還談什麼呢。」

魏端本還想答應他這話，隔了樹林子，卻被風送來一陣女人的笑語聲。這是快到何處長的家了，大家就停止了談話。順石路，穿過了樹林，是個小山谷。四周約有三四畝大的平地，中間矗立著三幢小洋樓。洋樓面前，各有花圃，正有幾個男女在花圃中的石板路上散步。其中有個穿中山服的漢子，余進取收著雨傘，站定了向他一鞠躬，叫著何處長。魏端本只好遠遠地站住了。可是，這讓他大大地驚奇一下。

何處長後面，站著兩個女人，手挽手地花看風景。其中一位穿藍花綢長衫的燙髮女郎，就是自己的太太。她似乎沒有料到丈夫會到這裡來，還在和那個挽手的女人說笑。她道：「何太太，你昨晚上又大大地贏了一筆，該進城請客了。處長什麼時候去呢？搭公家的車子去吧。」

魏端本料著那位太太，就是處長夫人，自己正是求處長賞飯吃而來，怎好去衝犯處長夫人的女友，就沒有作聲。余進取已是搶先兩步走到處長面前去回話。何處長聽過他介紹之後，點了兩點頭。余進取回頭向魏端本招著手道：「韓先生你過來見處長。」這是早先約好了的。魏端本這三個字為了黃金案登過報，不能再露面，他改叫著韓新仁了。

這聲叫喊，驚動了魏太太回過頭來，這才看清楚了是丈夫來了。她臉色立時變得蒼白，全身都微微地抖顫著。何太太握了她的手道：「田小姐，你怎麼了？」她道：「大概感冒了，我去加件衣服吧。」說畢，脫開何太太的手，就走到洋樓裡面去了。魏端本雖然心裡有些顫動，但他已知道自己的太太完全變了，這相遇是意外，而她的態度卻非意外，也就從從容容走到何處長面前回話去。當然，這在他兩人之外，是沒有人會知道當前正演著一幕悲喜劇的。

第十六回　你太殘忍了

這位何處長倒的確是平民化，看到魏端本走了過去，他也伸著手，和他握了一握。然後笑道：「韓先生，我們這抄寫文件，是個機械而又辛苦的工作，你肯來擔任，我們歡迎。不過我們有相當的經驗，往日來抄寫的僱員，往往是工作個把月，就掛冠不辭而去。新舊銜接不上，我們的事情倒耽誤了。我們希望韓先生能夠多作些日子。」

魏端本在這個時候，簡直是方寸已亂。但他有一個概念，這個地方，絕不能多勾留，可是何處長和他這麼一客氣，他拘著面子倒是不好有什麼表示了，只是連連地說了幾遍是。

何處長又道：「我們辦公的地方，離這裡也不遠，有什麼不了解的地方，你可以問李科長。李科長如不在辦公室裡，你徑直來問我也可以，余先生索性煩你一下，你引他去見一見李科長去。」余進取當然照著何處長的指示去辦。

魏端本跟到辦公處。見過那李科長，倒也是照樣地受著優待。他那不肯在這裡工作的心思，也就只得為這份優待所取消。

這個辦公地點，自然是和那何處長公館的洋樓不可同日而語。這裡是靠著山麓蓋的一帶草房，木柱架子，連著竹片黃泥石灰糊的夾壁。因為是夾壁，所以那窗戶也不能份量太重，只是兩塊白木板子，在直格子裡來回的推拉著，不過窗外的風景，還不算壞，一片水田，夾在兩條小山之中。這小山上都高高低低長有松樹，這個日子，都長得綠油油的。水田裡的稻子長著有兩三尺高，也是在地面上鋪著青氈子。稍遠的地方，有兩三只白色的鷺鷥在高的田埂上站著。陰陰的天氣，襯托著這山林更顯者蒼綠。

這裡李科長為了使他抄寫工作不受擾亂起見，在這一帶屋子最後的一間讓他工作。這裡有一位年老的同事，穿一件舊藍布大褂，禿了一個和尚頭。頭髮和他嘴上的鬍子一樣，是白多黑少，架了一副大框老花眼鏡，始終是低頭抄寫。僅是進門的時候李科長和他介紹這是陳老先生，而且聲明著，他是個聾子。這樣事實上還等於他一人在此工作，連個說話的機會都沒有。一張白木小桌子，靠窗戶擺著，上面堆了文具和抄件。

魏端本和陳老先生，背對背各在窗戶下抄寫，抄過兩頁，送給李科長看了，他對於速率和字體，認為很滿意，就吩咐了庶務員，給他在職員寄宿舍裡找了一副床鋪，並介紹他加入公共伙食團。他雖對於這個工作非常的勉強，可是人家這份溫暖，卻不好拒絕。

到了黃昏時候，余進取又給他在茶館裡把包裹取來，並扛了一條被子來，借給他晚上睡眠，而且悄悄地還塞了幾千鈔票在他手上當零用。魏先生在這多方面的人情下，他實在不能說辭謝這抄寫工作的話。

當晚安宿在寄宿舍裡，乃是三個人共住的一間屋子，另外兩位職員，他們是老同事，在菜油燈光下，斜躺在床鋪上談天。魏端本新到此地，又滿腹是心事，也只有且聽他們的吧，他們由天下大事談到生活，再由生活談到本地風光。

一個道：「老黃呀，我們不說鄉下寂寞，今天孟公館裡就在開跳舞會呀。老遠望見孟公館燈火通明，那光亮由窗戶裡射出來，照著半邊山都是光亮的。我一路回來，看到紅男綠女，成雙作對向那裡走。」又一個道：「我們何處長太太一定也加入這個跳舞會的。」那個道：「一點不錯。她還帶了兩位女友去呢，什麼甜小姐鹹小姐都在內。她可是和我們何處長脾胃兩樣。」

魏端本聽到田小姐這個名稱，心裡就是一動，躺在床上，突然地坐了起來，向這兩位同事望著。人家當然不會想到這麼一位窮僱員和摩登小姐有什麼關係。其中一位同事，望了他道：「韓先生，你不要看這是鄉下。由這向南到沙坪壩，北到青木關，前後長幾十公里，斷斷續續，全是要人的住宅。你要聽黃色新聞，可比重慶多呀。」

魏端本也只微笑了一笑，並沒有答應什麼話，不過這些言語送到他耳朵裡，那都覺得是不怎麼好受的；他勉強地鎮定著自己的神志，倒下床鋪去睡了。

從次日起，他且埋下頭去工作，有時抽出點工夫，他就裝成個散步的樣子，在到何處長公館的小路上徘徊著。他想：自己太太若還是住在何公館，總有經過這裡的時候。他這個想法，是沒有錯誤的。在一週之後，有一下午，他在那松樹林子裡散步的時候，有兩乘滑竿，由山頭上抬了下來。滑竿上坐著兩個婦人，後面那個婦人是何處長太太，前面那個婦人，正是自己太太田佩芝。

只看她身上穿花綢長衫，手裡拿著亮漆皮包。坐在滑竿上蹺起腿來，露著兩隻玫瑰紫皮鞋和肉色絲襪子，那是沒有一樣穿著，會比摩登女士給壓倒下來的。自己身上這套灰布中山服，由看守所裡出來以後，曾經把它洗刷了一回，但是沒有烙鐵去燙，只是用手摩摩扯扯就穿在身上的。現在又穿了若干日子，這衣服就更不像樣子了。他把自己身上的穿著，和坐在滑竿上太太的衣服一比，這要是對陌生的人說，彼此是夫婦，那會有誰肯信呢？他這麼一躊躇，只是望著兩乘滑竿走近，說不出話來。

下坡的滑竿，走得是很快的，這山麓上小路又窄，因之魏端本站在路頭上，滑竿就直衝了他來。重慶究竟還是戰都，談不到行者讓路那套。在舊都北平，請人讓路，是口裡喊著借光您哪。在南京新都，就直率地叫著請讓請讓。重慶不然，叫讓路是兩個手法。一種恐嚇性的地著：開水來了，開水來了。一種是命令式地喊著兩個字：左首！他那意思，就是叫前面的人站到左首去。初到此地的人，若不懂得這個命令而給人撞了，那不足抗議的。

當時抬著魏太太的滑竿夫，也是命令著魏先生左首。魏先生雖想和他太太說話，先讓了這氣勢洶洶的滑竿夫再說。他立刻張著路邊的一棵松樹，閃了過去。那滑竿抬走得很快，三步兩步就衝過去了。呆坐在滑竿上的魏太太，眼光直射，並無笑容，更也沒有作聲。接著是後面何太太的滑竿過來了。她在滑竿上，倒是向他點了個頭，笑道：「韓先生你出來散步，對不起。」她說著這話，滑竿也是很快地過去了。魏端本不知道這聲對不起，她是指著沒有下滑竿而言呢？還是說滑竿夫說話冒犯。這也只有向了點個頭回禮。

滑竿是過去了，魏端本手扶了松樹，不由得大大地發呆。向去路看時，魏太太坐在前面那乘滑竿上，正回頭來向著何太太說話。對於剛才在路上頂頭相遇的事情，似乎沒有介意。他想著：何太太倒是很客氣的，還叫他一聲韓先生。不過她既叫韓先生，是確定自己姓韓。縱然田佩芝承認是魏太太，這也和姓韓的無干。在這裡工作，把名字改了也就行了，一時大意，改了姓韓，卻不料倒給了太太一個賴帳的地步。看這兩乘滑竿，不像是走遠路的，也許他們又是赴哪家公館的賭約去了。

他怔然地站了一會，抬起頭來向天上望著，長長地嘆了一口氣，然後隨手摘了一支松椏，低了頭緩緩地走回辦公室去。他看到那位聾子同事，正低了頭在抄寫，要叫他時，知道他並聽不到，這就向他作了個手勢，彼此各點了兩點頭，也就自伏到桌上的去抄寫文件。

他好在是照字抄字，並不用得去思索。抄過了兩頁書，將筆一丟，兩手環抱在懷裡向椅子背上靠著，翻了兩眼向窗子外青天白雲望去。呆望了一會，心裡可又轉了個念頭，人家約了自己來抄寫文件的，食住都是人家供給，豈能不和人家作點事，嘆了口氣，又抄寫起來。

當天沉悶了一天，晚上又想了一宿，覺得向小路上去等候太太，那實在是一件傻事。看到了田佩芝，也不能帶她走，至多是把她羞辱一場，而自己又有什麼面子呢？於是次日早上起來，倒是更努力地去抄寫。正是抄得出神時候，卻聽到隔壁牆啪啪地敲了兩下。當時雖然抬頭向外望了一眼，但是並沒有人影，還是低頭去抄寫。只有幾分鐘的工夫，那夾壁又拍了幾下響，只好伸著頭由窗子縫裡向外看了去。

這一看，不免讓他大吃一驚，正是三度見面不理自己的太太。他呆著直了眼睛，說不出話來。魏太太倒還是神色自然，站在屋簷下向他招招手道：「你出來我和你說幾句話。」魏端本匆遽之間也說不出別的，只答應了好吧兩個字。他看看那位聾子同事，並沒有什麼知覺，就開了屋門跑出去。

魏太太看到他出來，首先移步走著，一方面回過頭來向他道：「這裡也不是談話的地方，你和我到街上談談吧。」魏端本沒說什麼，還是答應她好吧兩個字，跟著她身後，踏上穿過水田平谷中間的一條小路，這裡四周是空曠的，可以看到周圍很遠。魏太太就站住腳了。她沉住了臉色，向丈夫道：「端本請你原諒我，我不能再和你同居下去了。」魏端本笑道：「這個我早已明白了。不是我看見你和何太太在一處，我自慚形穢，都沒有和你打招呼嗎？」

魏太太點了頭道：「這個我非常感謝你。唯其如此，所以我特意來找你談話。」說著，她將帶著的手提皮包打開，取出一大疊鈔票，拿在手上，帶了笑容道：「我知道你已經失業了。可是你幹這個抄寫文件的工作，怎麼能救你的窮？你抄著寫著，也不過是混個三餐一宿，反是耽誤了你進取的機會，這裡有三十萬元錢，我送給你作川資，我勸你去貴陽，那裡是舊遊之地，你或者還可以找出一點辦法來。」魏端本笑道：「好哇！你要驅逐我出境。不過你還沒有這個資格。」說著，昂起頭來，哈哈大笑。

魏太太手上拿了那一大疊鈔票，聽著這話，倒是怔住了，於是板住了臉道：「姓魏的，你要明白，我們只是同居的關係，並沒有婚約。誰也不能干涉誰，就算我們有婚約，你根本家裡有太太，你是欺騙人的騙子。你敢在這地方露出真面目，來和我搗亂嗎？你這個貪汙案裡的要犯，人家知道你的真名實姓，就不會同情你。」

魏端本道：「這個我都不和你計較，你愛罵我什麼就罵我什麼。我是讓金錢引誘失足在前，你是讓金錢引誘你正在失足中，喊叫出了，你我都不體面。你離開我就離開我吧，我毫不考慮這事。我已經前前後後，想了多天了。我來找你，有兩件事。第一件是我兩個孩子你放在哪裡，你得讓我帶了回去。小孩子沒有罪過，我不願他們流落了。」

魏太太道：「兩個孩子，我交給楊嫂了。在這街邊上租了人家一間屋子，安頓了他們，這個你可以放心。」魏端本道：「為什麼你不帶在身邊？」魏太太道：「這個你不必過問，那是我的自由，我問你第二件什麼事？」

魏端本可笑道：「你不說我是要犯，是騙子嗎？別人也這樣地罵你，可說是無獨有偶了。你不妨拿這封信去看看，這是人家偷著放在我屋子裡桌上讓我帶來的。」說著，在衣袋裡掏出那封匿名信遞了過去。魏太太看他這樣子，是不接受那鈔票。她依然把鈔票收到皮包裡面去，然後騰出手來，將這信拿著看。

她看了之後，身子是禁不住地突然抖顫一下，夾在肋下的皮包，就撲通地落在地上。魏端本並不去和她拾皮包，望了她淡淡地笑道：「那何必驚慌失措呢？人家的鈔票和鑽石，也不能無緣無故地落在你手上，你把對付我這種態度來對付別人也就沒有事了。」

魏太太將那信三把兩把扯碎了，向水田裡一丟，然後彎腰把皮包撿了起來。淡淡地笑道：「你這話說對了，鈔票，鑽石，金子，那也不能夠無緣無故地到我手上來。我並不怕什麼人和我算帳。這件事我自有方法應付，也絕不會連累到你。」魏端本道：「我打聽打聽，你為什麼把鑽石戒指賣了？」她道：「那還有什麼不明白？我賭輸了。」

魏端本道：「你還是天天賭錢？」她笑道：「天天賭，而且夜夜賭。我賭錢並不吃虧，認識了許多闊人的太太。我相信我要出面找工作，比你容易得多，而且我現在衣食住行，和闊人的太太一樣，就是賭的關係。」魏端本道：「既然如此，各行其是吧，不過我的孩子，你得交還給我。你若割離了我的骨肉，我也就顧不得什麼體面不體面，那我就要喊叫出來了。」他說著這話時，可就把兩手叉了腰，對她瞪了大眼望著。

魏太太道：「不用著急，你這個要求，並沒有什麼難辦的，我答應你就是了。」魏端本道：「事不宜遲，你馬上帶我去看孩子。」魏太太道：「你何必這樣急，也等我安排安排。」魏端本道：「那不行。你現在是閒雲野鶴的身子，分了手我到哪裡去找你。你現在就帶我去。」他說著話時，兩手叉腰更是著力，腰身越發挺直著。

魏太太四周觀望，正是無人，她感覺到在這裡和他僵持不得，這就和緩著臉色向他微笑道：「你既然對我諒解，我也可以答應你的要求的。不必著急，我們一路走吧。」魏太太說完了，就向前面走。魏端本怕她走脫了，也是緊緊地跟著。他也是看到四顧無人，覺得這個女人心腸太狠，很想抓住她的衣服，向水田裡一推。他咬著牙望了她的後影幾回想伸出手來，可是他終於是忍住了。

慢慢地向前，已將近公路，自更不能動手，也就低了頭和她同走到歌樂山的街上來。可是到了這裡，魏太太的步子就走緩了，她不住地停著步子小沉吟一下，似乎是在考慮著什麼。魏端本也不作聲，且看她是怎樣的交代。這時，迎面有三個摩登婦女走來。其中一個跑步向前，伸手抓住魏太太的手，笑道：「好極了，我們正要去找你，就在這裡遇著了。我家裡來了幾位遠客，請你去作陪。」

魏太太道：「我有點事，遲一小時就到，好不好？」那婦人笑道：「不行不行！你不去，就要答應別家的約會了。」說著，她將聲音低了低道：「聽說你昨天又敗了。」魏太太沒有答覆，只點了兩點頭。她道：「既然如此，你應該找個翻本的機會呀！今天在場的人，就有昨天贏你錢的人，你不覺得這是應該去翻本的嗎？」說著，拖了魏太太就走。

她回頭看魏端本時，見他將兩手環抱在懷裡，斜伸了一隻腳，站在路頭上，臉上絲毫沒表情，只是呆了眼睛看人。魏太太就向女友道：「一小時以內，我準到。我城裡的親戚來了，讓我引他去看看幾家親戚。我僅僅是作個引導，一會兒就可以了事。」那婦人將嘴向魏端本一努道：「那是你們親戚？」她道：「不是。我們親戚在前面等著，這是親戚家裡的同鄉。」那婦人道：「好吧，讓你去吧，我等你吃飯。你若是不來，以後我們就不必同坐著桌子了。」說畢，撒了手，魏太太就趕快地走開。

魏端本也只有無聲地冷笑著，跟了走。魏太太已不願意走街上了，看到公路旁有小路，立刻轉身走上了小路。魏端本在後面叫道：「田小姐，你可不能開玩笑，說了在街上，怎麼又走到街外去了呢？」她道：「我總得把你帶到，你何必急呢。」說著她卻是挑了一條和公路作平行線的小路倒走回去，終於是在歌樂山背街一個小茶館的後身站住了腳，魏端本正疑惑著她是什麼騙局，忽然聽到有小孩子叫喚爸爸的聲音。

在泥田埂上，兩個小孩子跑了過來。兩個小孩，全打了赤腳，小娟娟的頭髮蓬得像隻鳥窠。天氣已經是很暖和了，她下身雖是單褲，上身還穿著毛繩褂子，而這毛繩褂子在袖口上，全已脫了結，褂穗子似的墜出很多線頭。小渝兒呢，和尚頭上的頭髮長成個毛栗蓬，身上反是穿了姐姐的一件帶裙女童裝。裙半邊拖靠了腳背。他們滿身全是泥點，小渝兒臉上也糊了泥。兩人手上各拿了一把青草。

小渝兒好久沒有看到父親了，見了魏端本，直跑到他面前來，魏端本看見男孩子的小圓臉，又黃又黑，下巴頦也尖了，已是瘦了三分之一。他將手摸著孩子的頭，叫了一聲孩子，嗓子哽了，兩行眼淚直流下來。小娟娟似乎受到過母親的教訓，看到母親那一身花綢衣服，她沒有敢靠近，站在父母中間，將一個小手指頭送到嘴裡抿著。魏端本向她招招手，流著淚連叫幾個來字。孩子到了身邊，他蹲在地上，一手摟著一個問道：「你們怎麼在田裡玩泥巴？楊嫂哪裡去了？」小娟娟道：「楊嫂早走了。爸爸沒有叫她來嗎？」

魏端本望了魏太太道：「這是怎麼回事？」魏太太道：「我們家散了，還要女傭人乾什麼？這兩個孩子，我托一個養豬的女人養了。」魏端本道：「那也好，把孩子當豬一樣的養。你只知道自己享受，你把孩子糟蹋到這樣子。你太殘忍了。」魏太太道：「是我殘忍嗎？我倒要問你，這養孩子的責任是該由父親負擔呢？是該由母親負擔？你自己沒有拿出一文錢來養活孩子，你說什麼殘忍不殘忍的風涼話？」

魏端本道：「廢話也不用多說。今天是來不及了。我今天向這何處長告辭，明天我帶了孩子走，你把那個養豬的女人叫來，我們三面交代清楚。」說著，泥牆的小門裡，走出一位周身破片的女人，先插言道：「小娃兒的老漢來了唉？要帶起走，我巴不得。飯錢我不能退回咯。」

魏端本道：「那是當然。我這孩子不是你帶著，也許都餓死了，我這裡有點錢，算是謝禮。」說著，在身上掏出幾張鈔票，塞到她手上。點個頭道：「再麻煩你一下。晚上你弄點水給我孩子洗個澡，梳梳頭髮，我明天早上來帶他們走。若是我身上方便的話，我明天再送你一點錢。」那女人接著錢笑道：「這話我聽得進，要像是這位小姐，一次丟了幾個飯錢，啥子不管，我就懶得淘神。娃兒叫她媽，她又說是親戚的娃兒。是浪個的？」魏端本苦笑著向太太道：「這也是我的風涼話嗎！」她臉色一變，並不答覆，扭轉身就跑了。

第十七回　屢敗屢戰屢戰屢敗

魏太太在這個環境中，她除了突然的跑開，實在也沒有第二個辦法。她固然嫌著兩個孩子累贅，她也更討厭這窮丈夫掃了她的面子。她走開以後，魏端本和孩子們要說什麼話可以不管。因為那些背後說的閒話，人家可以將信將疑的。她把這個問題拋到了腦後，放寬了心去赴她的新約會。

那個在街鎮上相遇的女人，是這附近有錢的太太之一，她丈夫是個公司的經理，常常坐著飛機上昆明。有時放寬了旅程索性跑往國外。這一帶說起她的丈夫劉經理，沒有人不知道的。劉經理有一部小坐車，每日是上午進城，下午回家。有時劉經理在城裡不回家，汽車就歸她用。歌樂山到重慶六七十公里，劉太太興致好的時候，每天遲早總有一天進城，所以她家裡的起居飲食，無城鄉之別，因為一切都是便利的。他家也就是為了汽車到家便利的原故，去公路不遠，有個小山窩子，在那裡蓋了一所洋房。城裡有坐汽車來的貴賓，那是可以到她的大門裡花圃中間下車的。

魏太太對於這樣的人家，最感到興趣。她走進了那劉公館的花圃，就把剛才丈夫和兒子的事，忘個乾淨了。那主人劉太太，正在樓上打開了窗戶，向下面探望，看看她來了，立刻伸出手來，向她連連地招了幾下。笑道：「快來快來，我們都等急了。」魏太太走到劉家樓上客廳裡，見摩登太太已坐了六位之多。

三位新朋友，劉太太從中一一介紹著，兩位是銀行家太太，一位是機關裡的次長太太，那身分都是很高的。不過她們看到魏太太既長得漂亮，衣服又穿得華麗，就像是個上等人，大家也就很願意和她來往。這裡所謂上等人，那是與真理上的上等人不同，這裡所謂上等人，乃是能花錢，能享受的人，魏太太最近在有錢的婦女裡面廝混著，也就氣派不同。她和那位銀行家太太都拉過手。在拉手的時候，她還剩下枚鑽石戒指，自在人家眼光下出現。這樣，人家也就不以她為平常之輩了。

十分鐘之後，劉公館就在餐廳裡擺下很豐盛的酒席招待來賓。飯後，在客廳用咖啡待客。女主人笑說：「到了鄉下來，沒有什麼娛樂，我們只有摸幾隻牌，贊成不贊成呢？」其實她所問的話，是多餘的，大家決沒有不贊成之理。六位來賓，加上主人劉太太和魏太太共是八位，正好一桌陣容堅強的唆哈。

魏太太今天賭錢，還另有一個想法，就是今天給魏端本的三十萬元鈔票，雖然讓人家碰回來了，可是自己兩個孩子，就要讓丈夫帶走，丈夫雖然可以不管，孩子呢，多少總有點捨不得。趁著明天離開這裡以前，給他們四五十萬元，有這些錢，魏端本帶他們到貴陽去，川資夠了，就是在重慶留下，也可以作點小本生意。自己皮包裡有三十萬元資本，還可以一戰。今天當聚精會神，對付這個戰局，碰到了機會，就狠狠地下一大注。

她這樣想了，也就是這樣做。其初半小時，沒有取得好牌，總是犧牲了，不下注進牌。這種穩健辦法也就贏了個三四萬元。當然！這和她的理想，相差得很遠。這桌上除了今天新來的三位女賓，其餘的賭友，是適用什麼戰術，自己完全知道。她們也許是打不倒的。至於這三位新認識的女友，可以說只有一個戰術，完全是拿大資本壓人。這種戰術，極容易對之取勝，只要自己手上取得著大牌，就可以反擊過去。

她這樣看定了，也就照計而行，贏了兩回，此後，她曾把面前贏得和原有的資本，和一位銀行家太太唆了一牌，結果是輸了。這一下，未免輸起了火，只管添資本，也就只管輸。戰到晚上七點鐘，是應了俗話，財歸大伴，還是新來的三位女友贏了，魏太太除了皮包裡的鈔票，已完全輸光，還借了主人劉太太三十萬元，也都輸了。

那三位貴婦人，還有其他的應酬，預先約好了的戰到此時為止，不能繼續，魏太太只有眼睜睜地看著人家飽載而去。偏是今日這場賭，女主人也是位大輸家，據她自己宣布，輸了一百萬。三十四年春季，這一百萬還是個不小的數目。雖然魏太太極力地表示鎮靜，而談笑自看，叫是她臉皮紅紅的，直紅到耳根下去。這就向女主人道：「我今天有點事，預備進城去的，實在沒有預備許多資本，支票本子，也沒有帶在身上。」劉太太不等她說完，就搖了手攔著道：「不要緊的。今天我又不要錢用，明天再給我吧。」

魏太太總以為這樣聲明著，她一定會客氣幾句的。那就借了她的口氣拖延幾天吧。不想和她客氣之後，她倒規定了明天要還錢。便道：「好的，明天我自己有工夫，就自己送來，自己沒有工夫，就派人送來。」劉太太道：「我歡迎你自己來，因為明天我的客人還沒有走呢。老王呀，滑竿叫來了沒有？」她說著話，昂頭向屋子外面喊叫著。屋子外就有好幾個人答應著：「滑竿都來了。到何公館的不是？」

原來這些闊人別墅的賭博，也養活不少苦力。每到散場的時候，所有參與賭博的太太小姐，都每人坐一乘滑竿回家。好在這筆錢，由頭子錢裡面籌出，坐著主人的滑竿，可是花著自己的錢。坐滑竿也是坐著自己分內的，所以她毫不猶豫地，就告別了主人，坐著滑竿回到何公館來。

這時，也不過七點半鐘，春末的天氣，就不十分昏黑，遠遠地就看到何公館玻璃窗戶，向外放射著燈光。她下了滑竿，一口氣奔到放燈光的那屋子裡去，正是男女成圈，圈了一張桌子在打唆哈。

何太太自然也在桌子上賭，看到了魏太太就在位子上站了起來，向她招招手笑道：「來來，快加入戰團。」魏太太走近場面上一看，見桌子中間堆疊了鈔票，有幾位賭客，正把全副精神，射在面前幾張牌上，已達到了勾心鬥角的最高潮。

何太太牽著她的手，把她拉近了，笑道：「來吧。你是一員戰將，沒有我們鏖戰，你還是袖手旁觀的。」魏太大對桌上看著，笑著搖了兩搖頭道：「我今天可不能再來了。下午在劉太太那裡，殺得棄甲丟盔，潰不成軍。」

何太太笑道：「唯其如此，你就應該來翻本啦。」她這樣地說著，就親自搬了一張椅子來放在身邊，拍了一下椅子背，要她坐下。魏太太笑道：「我是個賭鬼，還有什麼臨陣脫逃之理。不過我的現錢都輸光了。我得去拿支票簿子。」

座中有位林老太太，是個胖子，終日笑瞇瞇的，唯其如此，所以她也就喜歡說笑話。這就笑道：「哎呀！田小姐，曉得你資本雄厚，你又何必開支票嚇人呢？」魏太太一面坐下來，一面正色道：「我是真話。今天實在輸苦了，皮包裡沒有了現錢了。」

何太太笑道：「我們是小賭，大家無聊，消遣消遣而已。在我這裡先拿十萬去，好不好？」魏太太正是等著她這句話。便點頭道：「好吧。我也應當藉著別人的財運，轉一轉自己的手氣。」她口裡這樣說，心裡可是另一種想法。她想著：手上輸得連買紙菸的錢都沒有了。明天得另想辦法，現在有這十萬元，也許能翻本。不必多贏，只要能撈回四十萬的話，把三十萬元還劉太太，留十萬元作川資，到重慶去一趟，也許在城裡可以找出一點辦法來。這麼一想，她又把賭錢的精神提了起來。

可是這次的事，不但不合她的理想，而且根本相反。在她加入戰團以後，就沒有取得過一次好牌，每次下注進牌一次，就讓人家吃一次。賭到十二點鐘散場，又在何太太那裡拿了二十萬元輸掉了。這樣一來，她自是懊喪之至。納悶著睡覺去了。

這裡的主人何太太，對她感情特別好。所以好的原因，偶然而又神祕。當魏太太帶著楊嫂和兩個孩子到歌樂山來的時候，她在一家不怎麼密切的親戚家裡住著。這人家的主人，在附近機關裡，任一個中等職務，全家都有平價米吃，而住的房子，又是公家供給的，所以生活很優裕。主婦除了管理家務，每天也就是找點小賭博藉資消磨歲月。魏太太住在這樣的主人家裡，當然也就情意相投，跟隨在主人後面湊賭腳。

有一次游賭到何公館來了，她被介紹為田小姐。何太太見她長得漂亮，舉止豪華，就直認為是一位小姐，對她很是客氣。這何太太的丈夫，雖是一位處長。可是她沒有正式進過學校，認字有限，連報都不能看懂。很想請位家庭教師，補習國文，然而為了面子關係，又不便對人明說。

和魏太太打過兩次唆哈之後，有一天晚上，魏太太來了，沒有湊成賭局，談話消遣。魏太太說是和丈夫不和，由貴陽到重慶來，想謀得一份職業。現在雖因娘家是個大財主，錢有得用，但自己要自食其力，不願受娘家的錢。在職業未得著以前，到鄉下來，打算住兩個月，換換環境。

何太太聽她這樣說了，正中下懷，先就答應騰出一間房子讓她在家裡住下。魏太太自然是十分願意，但兩個髒的孩子，不便帶了來，而親戚家裡又不便把孩子存放著。正好自己贏了兩回錢，就叫楊嫂帶著孩子，住到那養豬的人家去。這種地方，楊嫂當然不願意，也不徵求女主人的同意，竟自帶著錢跑回重慶去了。這麼一來，兩個孩子，依靠著那養豬的女人，為了他們更髒，她也就更要把他們隱藏起來。每次上街，就抽著工夫，給那養豬的女人幾個錢。

這裡的女主人何太太，自不會猜到她有那種心腸，在一處盤桓到了一星期，彼此自相處得很好，何太太也就告訴了她自己的祕密，請她補習國文。當魏端本到這裡來的時候，她已經和何太太補習功課三天了。這兩天不是跳舞就是賭錢，何太太就沒有念書。這晚何太太卻沒有輸錢，而且這樣的小輸贏，何太太根本也不放在心上，所以下了場之後，她就走到魏太太屋子裡去，打算請她教一課書。

推開房門來，魏太太是和衣橫躺在床上，仰了臉望著屋頂。何太太笑道：「你惡戰了十幾小時，大概是疲倦了吧？」她絲毫沒有考慮地坐了起來，隨口答道：「我在這裡想心事呢。」她說過之後，又立刻覺得不對，豈能把懊喪著的事對別人說了。便笑道：「我沒有家庭，又沒有職業，老是這樣鬼混著過日子，實在不是了局，在熱鬧場中，我總是歡天喜地的，像喝醉了酒的人一樣，把什麼都忘記了。可是回到自己的屋子裡，形單影隻，我的酒醒了，我的悲哀也就來了。」

何太太在床上坐下，握著她的手道：「我非常之同情你。你這樣漂亮又有學問，怎麼會得不著愛情上的安慰呢？這事真是奇怪。我若是個男子又娶得了你這樣一位太太。我什麼事都願意做。」魏太太微笑著，搖了兩搖頭道：「天下事並不家人理想上那樣簡單。這個社會，是黃金社會，沒有錢什麼都不好辦。」

何太太道：「你府上不是很富有的嗎？」她道：「我已經結了婚了，怎好老用娘家的錢？我很想出點血汗，造一個自己的世界。」何太太道：「現在除非有大資本作一票投機生意才可以發財呀。作太太小姐的，有這個可能的嗎？」魏太太挺了胸道：「可能。我現在有個機會，可以到加爾喀達去一趟，若是有充足資本的話，一個月來回，準可以利市三倍。我打算明天進城去一趟，進行這件事。明天又是星期六，上午趕不到銀行裡，我的支票，要後天才能取得款。我有兩副鐲子，你給我到那裡押借一二十萬用用，後天出利取回，今晚上就有辦法嗎？」何太太道：「二十萬元，現在也算不了什麼，我這裡也許有，你拿去用吧。這還要拿東西抵押嗎？」魏太太：「那好那好！我可以多睡兩小時，免得明早趕第一班車子走。」說著，握住了女主人的手，搖撼了幾下，表示著感謝。

何太太倒是很熱心的，就在當晚取了二十萬元現鈔交給她，以為她有到印度去的壯舉。也不打攪她了，讓她好好安息了，明天好去進行正事。魏太太得了這二十萬元，明日進城的花銷是有了。不過算一算在這裡的欠款，已經有六七十萬元，若再回來，這筆欠款是必須還給人家的，這不但是體面所關，而且幾十萬元的欠款都不能歸還人家，田小姐這尊偶像就要被打破了。

她有了這二十萬元的川資，反倒是增加了她滿腦子的胡思亂想，大半夜都沒有睡著，醒來已是半上午了。她對人說，要趕早進城去，那本是藉口胡謅的。雖然睡到半上午了，她也並不為這事而著急，但聽到何處長在外面大聲地說：「我們這份抄寫工作，實在養不住人，那位新來的韓先生，又不告而別了。這個人字寫得好，國文程度又好。我倒是想過些時候提拔提拔他的。」

魏太太聽了這消息，知道是魏端本已經走了，她倒是心裡落下一塊石頭，更是從容地起身。何太太因為她說進城之後，後天不回來，大後天準回來，又給了她十幾萬元，託買些吃的用的。這些錢，魏太太都放到皮包裡去了。她實在也是想到重慶去找一條生財之道。出了何公館，並沒有什麼考慮，直奔公共汽車站。

這歌樂山的公共汽車站，就在街的中段，她緩緩地走向那裡。在路邊大樹陰下，有個擺籮筐攤子的，將許多大的綠葉子，托著半筐子紅櫻桃，又將一隻小木桶浸著整捆的杜鵑花。她在大太陽光下站著，看了這兩樣表示夏季來臨的東西，不免看著出了一會神。忽然肩上有人輕輕拍了兩下，笑道：「怎麼回事，想吃櫻桃嗎？四川的季節真早啊！一切都是早熟。」

魏太太回頭看時，是昨日共同大輸的劉太太。因道：「我倒不想吃。鄉下人進城帶點土產吧。這裡杜鵑花滿山都是，城裡可稀奇。我想買兩把花帶進城去送人。」劉太太道：「你要進城去嗎？」魏太太笑道：「負債纍纍，若不進城去取點款子回來，我不敢出頭了。」

劉太太笑道：「那何至於。今天是星期六，下午銀行不辦公，後天你才可以在銀行裡取得款子，你現在忙著進城幹什麼？」魏太太道：「我也有點別的事情。」劉太太抓著她的手，將頭就到她耳朵邊，低聲道：「那三位來賓，今天不走，下午我們還賭一場。輸了的錢，你不想撈回來嗎？今天上午有人在城裡帶兩副新撲克牌回來了。我們來開張吧。」

魏太太皮包裡有三十多萬現鈔，聽說有賭，她就動搖了。本來進城去，也是想找點錢來還債，找錢唯一便利的法子，還是唆哈。既然眼前就有賭局，那也就不必到重慶去打主意了。便笑道：「我接連大輸幾場，我實在沒有翻本的勇氣了。」劉太太極力地否認她這句話，長長地唉了一聲，又將頭搖擺了幾下，笑道：「你若存了這種心事，那作輸家的人，只有永遠地輸下去了。走吧走吧。」抓了魏太太的手，就向她家裡拖了走。魏太太笑道：「我去就是了，何必這樣在街上拉著。」她說著話，帶了滿面的笑痕，她整晚不睡著的倦容，那都算拋棄掉了。

到了劉公館，那樓上小客廳裡的圓桌上，已是圍了六位女賭友坐著，正在飛散撲克牌。劉太太笑道：「好哇！新撲克牌，我說來開張的，你們已是老早動起手來了。」桌上就有人笑應道：「田小姐也來了，歡迎歡迎，昨日原班人馬一個不動，好極好極！」

魏太太倒沒有想著能受到這樣盛大的歡迎，尤其那兩位銀行家太太，很想和她們拉攏交情，她們既然這樣歡迎，也就在兩位銀行太太中間坐下去。同時，她想著昨天早晚兩場的戰術，取的是穩紮穩打主義，多少有些錯誤，很有兩牌可以投機，都因為這個穩字把機會失去了，今天在場的又是原班人馬，她們必然想著是穩紮穩打，正可以借她們猜老寶，投上兩回機。

這樣想過之後，她也就改變了作風。上場兩個圈，投了兩回機，就贏下了七八刀。這樣一來，不但興趣增高，而且膽子也大了。可是半小時後，這辦法不靈，接連就讓人家捉住了三回。一小時後，輸二十萬元了，兩小時後，輸五十萬元。除了皮包裡鈔票，輸個精光，而且又向女主人借了二十萬元。賭博場上不由人算如此！

這樣慘敗，給予魏太太的打擊很大。賭到了六點鐘，她已沒有勇氣再向主人借錢了。輸錢她雖然已認為很平常，可是她這次揣了錢在身上，卻有個新打算，憑了身上這些資本，哪條路子也塞死了。她手裡拿了牌在賭，心裡可不定地在計劃新途徑，她看到面前還有一兩萬鈔票的時候，突然的站了起來，向主人劉太太道：「這樣借個三萬五萬賭一下，實在難受得很。我回去拿錢去吧。」主人對於她這個行動，倒不怎麼地攔阻。因為她昨晚和今天所借的錢，已經六七十萬。若要再留她，就得再借錢給她，實在也不願賠墊這個大窟窿，只是微笑著點了頭，並沒有什麼話。

魏太太在這種情形中，突然地扭轉身就走。在賭場上的人，為了賭具所吸引，誰都不肯離開位次的。因之魏太太雖然告辭，並沒有挽留她。她走出了劉公館，那步子就慢慢地緩下來，而心裡卻一面地想自己這將向哪裡去呢？難道真的向何公館去拿錢，那裡只有自己的兩個箱子和一套行李，不能把這東西扛到賭場上來作賭本。若是和何太太借去，那還不是一樣，更接近了斷頭路。

她心裡雖然沒有拿定主意，可是她兩隻腳已經拿定了主意，徑直地向公共汽車站上走。這裡到重慶的最後一班車，是六點半鐘開，她來的恰是時候，而且這班車，乘客是比較的少，就很容易地買得了車票，就上車直奔重慶。但她到了重慶，依然是感到惶惑的，先說回家吧，那個家已由自己毀壞了。若是去找范寶華這位朋友吧？自己的行為，已很是他們所不齒。她憑了身上這點錢，竟不能去住旅館。

第十八回　此間樂

就有錢去住旅館，明日的打算又怎麼樣？她想到旅館，就想到了朱四奶奶家裡，她家就很有幾間臥室，布置得相當精緻。而且也親眼看到，有些由鄉下進城的太太小姐們，不必住旅館，就住在她家裡。這時到她家裡去，無論她在家不在家，找張好床鋪睡，那是不成問題的。不過朱四奶奶家裡，十天總有八天賭錢。這時候跑了去，她們家裡正在唆哈，那作何打算？還是加入，還是袖手旁觀？袖手旁觀，那是不會被朱四奶奶所許可的。加入吧，就是身上作川資剩餘下來的幾千元了。這要拿去唆哈，那簡直是笑話，不過時間上是不許她有多少考慮的。

她下了公共汽車，重慶街道已完全進入了夜市的時間，小街道上，燈火稀少，人家都關了門，這時去拜訪朋友，透著不知趣，而且沒吃晚飯，肚子裡也相當饑荒。由於街頭麵館裡送出來的炸排骨香味，讓她聯想到朱四奶奶家裡的江蘇廚子，作出來的江蘇菜，那是很可留戀的。於是不再考慮了，走到那下坡的路口上，雇了一乘轎子，就直奔朱公館。她們家樓上玻璃窗子，總是那樣的放出通亮的電光。這可以證明朱四奶奶在家，而且是陪了客在家裡的。

她的轎子剛歇在門口，那屋子裡的人，為附近的狗叫所驚動，就有人打開窗子來問是誰？魏太太道：「我是田佩芝呀，四奶奶在家嗎？」她這個姓名，在這裡倒還是能引動人的，那窗戶裡又伸出一截身子來，問道：「小田嗎？這多日子不見你，你到哪裡去了，快上樓來吧。」隨了這話，她家大門已經打開了。

她走到樓上，覺得朱公館的賭博場面，今天有點異樣。乃是在小屋子裡列著四方桌子，有兩男兩女在摸麻將牌。這四個人中有一個熟人，乃是青衣票友宋玉生。走到那房門口，心裡就是一動，然後猛可地站住了。可是宋玉先已抬頭看到了她，立刻手扶了桌沿，站了起來，向她連連地抱著拳頭作揖笑道：「田小姐，多久不見了，一向都好。」他說話總是那樣斯斯文文的，而且聲調很低。

這日子，他穿了翠藍色的綢夾袍，在兩隻袖口外，各捲出了裡面兩三寸寬的白綢汗衫袖口。他雪白的臉子和烏光的頭髮，由這大電燈光一照耀著更是覺得他青春年少，便笑著點了個頭道：「今天怎麼換了一個花樣呢？」宋玉生道：「我們不過是偶然湊合的。」他下手坐了一位三十來歲的胖太太。這就夾了一張麻將牌，敲著他扶在桌沿上的手背道：「你還是打牌，還是說話？」宋玉生笑著說是是，坐下來打牌，可是他是不住地向魏太太打招呼。朱四奶奶就給她拖了個方凳子，讓她在宋玉生身後坐下看牌。

主人她是在這裡坐著的，就問道：「今天由哪裡來？是哪一陣風把你吹來了？」魏太太笑道：「這個我先不答覆你，反正來得很遠吧？實不相瞞，我還是今日中午十二點鐘吃的午飯。」朱四奶奶笑道：「那說你來巧了。玉生也是沒有吃晚飯，我已經叫廚子給他預備三菜一湯。你來了，加個炒雞蛋吧。這飯馬上就得。」

宋玉生回過頭來道：「飯已得了，就等我下莊，可是我的手氣偏好，連了三莊，我還有和的可能。田小姐，你看這牌怎樣？」說著，他閃開身子，讓魏太太去看桌上所豎立的牌。就在這時，對面打出一張牌，她笑道：「宋先生，你和了。」宋玉生笑道：「有福氣的人就是有福氣的人，你不說話看一看我的牌，我就和了。」魏太太笑道：「別連莊了，讓四奶奶替你打吧，我餓了。」

宋玉生站起身，向她作了一個輯，笑道：「請替我打兩牌吧。」四奶奶笑道：「照說，我是犯不上替你打牌的。剛才我說菜怕涼，請你讓我替你打。你說贏錢要緊。這時魏太太一說，你就不是贏錢要緊了。」宋玉生道：「我餓了不要緊，自己想贏錢活該。田小姐陪著受餓，那我就不對了。」他說著，已是起身讓坐，四奶奶自和他去作替工。

朱公館大小兩間飯廳，都在樓下。她家女僕就引著到樓下飯廳裡來。桌上果然是四菜一湯，女傭人安排著杯筷，是兩人對面而坐。她盛好了飯，就退出去了。宋玉生在魏太太對面，向她看看，笑道：「田小姐，你瘦了。」她嘆了口氣道：「我的事，瞞不了你，你是到我家裡去過的。你看我這樣的環境，人還有什麼不瘦的？」

宋玉生道：「不過我知道，你這一陣子，並不在城裡呀。」魏太太道：「你怎麼知道我的行蹤？」他手扶了筷子碗不動，望了她先微微地一笑，然後答道：「你對於我很漠然，可是我是在反面的，我已經託人打聽好幾次了。今天我實在沒有想到你會到這裡來。你是不是猜著我在這裡？不過那我太樂觀了。」她笑道：「這也談不上什麼悲觀樂觀。」宋玉生道：「你忽然失蹤了，我的確有些悲觀的。」

說時，她手裡的飯碗已經空了，宋玉生立刻走出他的位子來，接過她的飯碗，在旁邊茶几上洋瓷飯罐裡，給她盛著飯，然後送到她面前去。魏太太點了頭道：「謝謝，你說悲觀，在我倒是事實。這回我離開重慶市區，我幾乎是要自殺的。我實告訴你……」說著，她向房門外看了看，然後笑道：「你看我手上，不是有兩枚鑽石戒指嗎？已經賣掉了一枚了。」她說著話時，將拿筷子的手伸出來些，讓他看著。接著道：「女人非到萬不得已的時候，她不會賣掉這樣心愛的東西的。我已經虧空了百十萬了。就是再賣掉手上這枚戒指，也不夠還債。因為你到過我那破鴿子籠，知道我的境況的，倒不如對你說出來，還痛快些。若對於別人，我還得繃著一副有錢小姐的架子呢。」

宋玉生道：「你不就是虧空百多萬嗎？沒有問題，我可以和你解決這個困難。」魏太太望了他道：「你不說笑話？」宋玉生道：「我說什麼笑話呢？你正在困難頭上，我再和你開玩笑，我也太沒有心肝了。」魏太太倒沒有料到誤打誤裡，會遇到這樣一個救星。這就望了他笑道：「難道你可以和我個人演一回義務戲？」

宋玉生道：「用不著費這樣大的事。我有幾條路子，都可以抓找到一筆現款。究竟現在哪條路準而且快，還不能決定。請你等我兩天，讓我把款子拿了來。」魏太太道：「多承你的好意給我幫忙，我是當感謝的。不過總不能師出無名，你得告訴我為什麼要幫助我？」宋玉生笑道：「你這是多此一問了。我反問你一聲，為什麼我唱義務戲的時候，你我並不認識，你肯花好幾千元買張票看我的戲呢？」魏太太道：「因為你是個名票，演得好，唱得好，我願意花這筆錢。」

宋玉生笑道：「彼此的心理，不都是一樣。你只要相信我並不是說假話，那就好辦了。一定要把內容說出來，倒沒有意思。吃完了飯了，喝點這冬菜鴨肝湯吧。這不是朱四奶奶的廚子，恐怕別人還做不出來這樣的菜。」說著話，他就把魏太太手裡吃空了的飯碗，奪了過來，將自己面前的瓷勺兒，和她舀著湯，向空碗裡加著。一面笑道：「牌我不打了，你接著替我打下去吧。我在旁邊看著，夜是慢慢地深了，你還打算到哪裡去呢。」魏太太道：「我不能在這裡過夜。」說著，她也向房門外看了一看，接著道：「而且我還希望四奶奶給我保守祕密，不要說我來過了。」

宋玉生把湯舀了小半碗，兩手捧著，送到她面前，低聲笑道：「你那意思，是怕老范和洪五吧？姓洪的到昆明去了。」魏太太紅著臉道：「我怕他幹什麼，大家都是朋友，誰也干涉不了誰。」宋玉生伸出雪白的手掌，連連搖撼了幾下，笑道：「不要提他，誰又信他們的話。吃完了飯，趕快上樓去吧。」魏太太聽宋玉生的口音，分明洪犯二人已對他說了些祕密。自己紅著臉，慢慢地把那小半碗湯喝完，也頗奇怪。

他們這裡吃完了飯，那女傭人也就進來了。她拿著兩個熱手巾把子，分別送到兩人面前，向宋玉生低聲笑道：「我已經煮好了一壺咖啡，這還是送到樓上去喝呢，還是宋先生喝了再上樓？」魏太太看那女傭人臉上，就帶三分尷尬的樣子，這很讓自己難為情，便道：「宋先生在樓上打著牌呢，這當然是大家上樓去。」說著，她就先走。

宋玉生緊跟在後面上來，將手扶了她的手臂，直托送到樓口。魏太太對於這件事，倒沒有怎麼介意。到了那小房間裡，朱四奶奶老遠地看到，就抬了手連連招著笑道：「玉生快來吧，還是你自己打。我和你贏了兩把，他們大家都不高興。」宋玉生道：「我讓給田小姐了，我在旁邊看看就行了。」

朱四奶奶對於男女交際的事，她是徹底的了解，宋玉生這樣地說了，她並不問那是什麼原因，就站起來讓座給魏太太坐下。這已是十點多鐘了，魏太太打牌之後，就沒有離開朱四奶奶家。到了次日，她確已證明洪五已到昆明去了，膽子就大了許多，雖然范寶華也很為自己花了些錢，但這是不怕他的。恰好昨晚一場麻將，宋玉生大贏，他到魏端本家裡去過，知道她是個紙老虎，因此連本帶利三十多萬元，全送給了她。她掏空了皮包，現在又投下去許多資本，心裡更覺舒服。

這天晚上，朱四奶奶家裡居然沒有賭局，她有了幾張話劇榮譽券邀了魏太太和幾位女朋友去看話劇，散戲之後，魏太太就說要到親戚家裡去。四奶奶和她走到戲館子門口，拖著她一隻手，向懷裡一帶笑道：「這樣夜深，你還打算到哪裡去？今晚上我家裡特別地清靜，你陪著我去談談。」魏太太對於她所問的要到哪裡去，根本不能答覆。不過她約著去陪了談談，倒是可以答覆的，便笑道：「你那肚子裡海闊天空，讓我把什麼話來陪你說。」朱四奶奶還牽著她的手呢，微微地搖撼了幾下。笑道：「你若是這樣說話，就不把我當好朋友了。」魏太太自樂得有這個機會，就跟了她一路回家去。

朱四奶奶家裡傭人是有訓練的，她在外頭聽戲，家裡就預備下了消夜的，朱四奶奶是不慌不忙，吃過了夜點，叫傭人泡了兩玻璃杯好茶，然後把魏太太引到自己臥室裡去。重慶的沙發椅子困難，多半都是籐製的大三件，上面放下了軟墊，以為沙發的代用品。不過朱四奶奶家裡，究竟氣派不同。除了她的客廳裡有兩套沙發之外，她的臥室裡也有兩件。這時，紅玻璃罩子的電燈發著醉人顏色的光亮，那兩把沙發圍了一張小茶桌，上面兩玻璃杯茶，兩碟子糖果，一聽子紙菸。

四奶奶拉了魏太太相對而坐著，取了一支紙菸擦了火柴點著吸了，搖著頭噴出一口煙來，然後將手指頭夾了菸支向屋子四周指著，笑道：「不是我吹，一個女人，能在重慶建立這麼一番場面，也很可自傲了。」魏太太笑道：「那的確是值得人佩服的事。何須你說。」

四奶奶搖搖頭道：「究竟不然，我的漏洞太多。實不相瞞，我的筆下不行，有許多要舞文弄墨的地方，我就只好犧牲這著棋，這不知有多少損失，還有我這麼一個家，每天的開支，就是個口記的數目，並沒有一本帳。我必得找個人合作，補救我這兩件事的缺憾。」魏太太聽到這裡，就知道她是什麼用意了。笑道：「你所說的，當然是女人，這樣的女人在你朋友裡面，就會少了嗎？」

四奶奶搖搖頭道：「不那麼簡單。除了會寫會算之外，必須是長得漂亮的。」魏太太笑道：「這就不對了，你又不是一個男人用女祕書，你管她漂亮不漂亮呢？」朱四奶奶笑道：「這是你的錯誤。審美的觀念那是人人有的。這問題擺到一邊，不要研究。我朋友裡面，能合這個條件的雖然有幾位，但最合條件的，就莫過於你。你的環境，我略微知道一點。我這個要求，你是可以答應的。因為無論怎麼樣，在我這裡住著，比在何處長家裡住著，要舒服得多。」魏太太聽了這話，倒不免嚇了一跳。在何處長家裡住著她怎麼會知道，心裡想著，臉上不免閃動了兩下。

四奶奶笑道：「你必然奇怪，我怎麼會知道你在何家的消息呢？」說著，她就笑了，把胸脯微挺了起來，表示她得意之色。因道：「老實說，大概能交際的女人，我很少不認得的。歌樂山來人，也有到我這裡的啊。假如你在我這裡能住個一兩月，你對這些情形，就十分明了了。」魏太太沒有勇氣敢拒絕她的要求，也在桌上菸盒子裡取出來一支紙菸，慢慢地吸著。

朱四奶奶笑道：「你的意思如何？你若願意在這裡屈留下來，除了我所住的這間屋子，你願意在哪間，隨你挑選。花錢的事，你不必發愁，我有辦法，將來你自己也有辦法。至於洪五爺那層威脅，你不必顧忌，你不就是欠他幾個錢嗎？他在昆明的通信地址我知道，我寫信給他，聲明這錢由我歸還，也許他就不肯要了。」魏太太笑道：「我真佩服你，怎麼我的事情你全知道？」朱四奶奶將指頭夾著菸支，在嘴裡吸上了一口，笑道：「我多少有點未卜先知。」魏太太默然地吸著菸，有兩三分鐘沒有說話。

四奶奶道：「你沒有什麼考慮的嗎？」魏太太道：「有這樣的好事，我還有什麼考慮的呢？不過你還沒有告訴我，我在你這裡，要作些什麼事？我是否擔任得下來？」四奶奶笑道：「你絕對擔任得下來。大概三五天，我總有一兩封信給人，每次我都是臨時拉人寫。雖然這並不費事，可是我就沒有了祕密了。這件事我願意托給你。此外是每天的家用開支，我打算有個帳本，天天記起來，這本來我自己可以辦的，可是我就沒有這股子恆心，記了兩天，就嫌麻煩把它丟下了。這件事也願意交給你，也就只有這兩件事，至多是我有晚上不回來的時候，打個電話給你，請你給我看家。也許家裡來了客，我不在家，請你代我招待招待，這個你還辦不來嗎？」

魏太太由歌樂山出走，身上只有了一萬多錢法幣，除了買車票，實在是任何事不能幹了。現在不經意中得了這樣一個落腳的地點，而且依然是和一批太太小姐周旋，並不失自己的身分，這是太稱心意的事了。這就笑道：「四奶奶的好意，我試兩天吧。若是辦得不好，你不必客氣，我立刻辭職。」

四奶奶伸著手掏了她一下臉腮，笑道：「我們這又不是什麼機關團體，說什麼辭職就職。好了，就是這樣辦了。你要不要零錢用？我知道你在歌樂山是負債而來的。」魏太太道：「宋玉生贏的那筆錢，他沒有拿走，我就移著花了。」

四奶奶起身，就開了穿衣櫃扯出一隻抽屜，隨手一拿，就拿了幾卷鈔票，這都交到魏太太懷裡，笑道：「拿去花吧。小宋是小宋的，四奶奶是四奶奶的，錢都是錢，用起來滋味不一樣。今晚上，你好好地睡著想一想，有什麼話明天對我說，那還是不晚的。」魏太太看四奶奶那烏眼珠子轉著，胖臉腮不住地閃動，可以說她全身的毫毛都是智慧的根芽，自己哪敢和她鬥什麼心機？便笑道：「沒有什麼話說，我是個薄命紅顏，你多攜帶攜帶。」

四奶奶拍了她的肩膀笑道：「談什麼攜帶不攜帶，你看得出來我這裡的情形，總是大家互助，換句話說，就是大家互樂呢。去安歇吧，有話明天答覆我。」魏太太表面上雖然表示著躊躇，其實她心裡並沒有絲毫的考慮。因為她現在沒有了家，什麼地方都可落腳。

當晚回到四奶奶給她預備的臥室裡，倒是舒舒服服睡了一宿，醒來的時候還很早，掏出枕頭下的手錶看，還只有七點鐘。她有意看看今日的陰晴，掀開了窗戶的花布簾子，向外張望了一下。這窗戶是和大門同一個方向的，偶然朝下看，卻見宋玉生由這樓下走出去，他取下頭上的帽子，在空中招擺著，正是和樓上人告別。她心想：這傢伙來得這樣早嗎？不過她又一轉念，以後正要幫助著朱四奶奶，這一類的事，那是大可不必研究的。欲知後事如何，請看《誰征服了誰》。

紙醉金迷之此間樂——人為財死，鳥為食亡

作　　者：張恨水
發 行 人：黃振庭
出 版 者：複刻文化事業有限公司
發 行 者：複刻文化事業有限公司
E-mail：sonbookservice@gmail.com
粉 絲 頁：https://www.facebook.com/sonbookss/
網　　址：https://sonbook.net/
地　　址：台北市中正區重慶南路一段六十一號八樓 815 室
Rm. 815, 8F., No.61, Sec. 1, Chongqing S. Rd., Zhongzheng Dist., Taipei City 100, Taiwan
電　　話：(02)2370-3310
傳　　真：(02)2388-1990
印　　刷：京峯數位服務有限公司
律師顧問：廣華律師事務所 張珮琦律師
定　　價：299 元
發行日期：2024 年 01 月第一版
◎本書以 POD 印製

國家圖書館出版品預行編目資料

紙醉金迷之此間樂——人為財死，鳥為食亡 / 張恨水 著 . -- 第一版 . -- 臺北市：複刻文化事業有限公司，2024.01
面；　公分
POD 版
ISBN 978-626-7426-21-0(平裝)
857.7　　112022177

電子書購買

臉書

爽讀 APP